KNAUR

Von Patrick Salmen sind bereits folgende Titel bei Knaur erschienen:
Ich habe eine Axt – Urlaub in den Misantropen
Genauer betrachtet sind Menschen auch nur Leute
Treffen sich zwei Träume. Beide platzen.
Ekstase – ist doch auch mal ganz schön
Im Regenbogen der guten Laune bin ich das Beige

Über den Autor:
Patrick Salmen wurde 1985 in Wuppertal geboren und lebt seit vielen Jahren im Ruhrgebiet. Nach seinem Geschichts- und Germanistikstudium gewann er 2010 die deutschsprachigen Poetry-Slam-Meisterschaften in Bochum und arbeitet seitdem als freiberuflicher Schriftsteller, Sprecher und Bühnenkünstler. Neben klassischen Bühnentexten hat er bereits zahlreiche Lyrik- und Kinderbücher geschrieben. Bei Knaur veröffentlichte Patrick Salmen zudem mehrere Werke mit satirischen Kurzgeschichten. Seit vielen Jahren ist er mit seinen Bühnenprogrammen im gesamten deutschsprachigen Raum unterwegs.

PATRICK SALMEN

YOGA

GEGEN RECHTS

KNAUR

Besuchen Sie uns im Internet:
www.knaur.de

Aus Verantwortung für die Umwelt hat sich die Verlagsgruppe Droemer Knaur zu einer nachhaltigen Buchproduktion verpflichtet. Der bewusste Umgang mit unseren Ressourcen, der Schutz unseres Klimas und der Natur gehören zu unseren obersten Unternehmenszielen. Gemeinsam mit unseren Partnern und Lieferanten setzen wir uns für eine klimaneutrale Buchproduktion ein, die den Erwerb von Klimazertifikaten zur Kompensation des CO_2-Ausstoßes einschließt. Weitere Informationen finden Sie unter: www.klimaneutralerverlag.de

FSC
www.fsc.org
MIX
Papier aus verantwortungsvollen Quellen
FSC® C014496

Originalausgabe September 2023
Knaur Taschenbuch

Ein Imprint der Verlagsgruppe Droemer Knaur GmbH & Co. KG, München

Redaktion: Anita Hirtreier
Covergestaltung: Kristin Pang
Coverabbildung: Autorenfoto Fabian Stürtz, Hintergrund Madredus/Shutterstock.com
Satz: Sandra Hacke, Dachau
Druck und Bindung: GGP Media GmbH, Pößneck
ISBN 978-3-426-53078-8

2 4 5 3 1

INHALT

VORWORT

Kuckuck! Herzlichen Glückwunsch zu Ihrem neuen Buch. An dieser Stelle würde ich mich gern kurz und knapp vorstellen, allerdings habe ich mehrere Identitäten, was die Sache nur unnötig verkopft macht. Es gibt allerhand Forschungen darüber, dass die Sprachen, in denen wir kommunizieren, verschiedene Facetten unserer Persönlichkeit ans Tageslicht bringen und wir deswegen oft das Gefühl haben, uns in einer anderen Sprache zu »kleiden«. Ich bin nun tief in mich gegangen und kann das bestätigen. Hier meine vorläufigen Ergebnisse …

DEUTSCH:
Kernidentität! Patrick Salmen, freiberuflicher Autor, 38, geboren in Wuppertal. Stadtmensch und Philanthrop. Sonniges Gemüt, aber manchmal grummelig drauf. Hobbys: Knabbergebäck und Tretbootfahren. Spielt gern Tennis, hasst aber Leute, die Tennis spielen. Beschreibt sich selbst als »kreativen Typ«, seit er in der elften Klasse ein trauriges Gedicht über Herbstlaub geschrieben hat. Insgesamt fragwürdige Person.

ENGLISCH:
Paddy Salomon, 27, ehemaliger Fabrikarbeiter aus Plymouth (Plimmes), der seit seinem unerwarteten Erbe und vereinzelten Investment-Erfolgen zum snobistischen Dandy wurde und die meiste Zeit im Golfverein abhängt. Seine Wurzeln leugnet er, und mit der Arbeiterklasse will er nichts mehr zu tun haben. Glücklicher und exzentrischer Typ. Leider im Gesamtbild unsympathisch!

FRANZÖSISCH:

Patrice Salmôn, 43, Feingeist und einfühlsamer Liebhaber mit Hang zur Melancholie. Insgesamt recht wortkarg, sein eindringlicher Blick kann allerdings ganze Romane erzählen. Anfangs ein bisschen schüchtern und introvertiert, aber irgendwann blüht er im Sozialgefüge auf und brilliert durch natürlichen Charme. Überzeugter Single und Lebemann! Hätte gern ein eigenes Weingut in Avignon, schlägt sich jedoch solange als Bildhauer durch. Verwegener Bohemien.

HOLLÄNDISCH:

Joost van der Bouten, 72, lebensfroher Witwer aus Zwolle. Liebt Ausflüge in das Gartencenter und die Natur im Allgemeinen. Pensionierter Allgemeinmediziner mit Schwerpunkt Akupunktur. Hobbys: Zeit mit den Enkeln verbringen, ausgedehnte Fahrradtouren sowie Beiz- und Restaurationsarbeiten an Landhausmöbeln. Schweigsamer Typ, aber immer vorzüglich gelaunt. Mit Abstand beliebtester Typ im Dorf.

Ich hoffe, Sie haben nun eine grobe Vorstellung zu meiner Person. Alles ein wenig kompliziert. Kommen wir zu dem hier vorliegenden Buch. Ich müsste jetzt so was schreiben wie: »Dies ist mit Abstand mein persönlichstes Werk!« Das wäre allerdings eine Lüge, denn vieles habe ich mir nur ausgedacht. Der Rest ist frei erfunden. Aber was soll man in so einem Vorwort groß fabulieren? »Vielen Dank! Ohne meine Fans wäre ich nichts!« Dieser Satz würde Demut und Bodenständigkeit beweisen, zeugt jedoch auch von starker Überheblichkeit, denn *Fan* ist schon eine krasse Bezeichnung, wenn man bedenkt, dass sich das Wort von Fanatiker ableitet. Ein Fanatiker ist für mich jemand, der nächtelang im Schlafsack vorm Jugendkulturzentrum in Wipperfürth übernachtet und sich für ein gemeinsames Meet & Greet mit seinem angehimmelten Star abgrundtief verschulden würde. Und ehrlicherweise bin ich dahingehend ziemlich von Ihnen enttäuscht. Einen Schlafsack habe ich auf meinen Lesungen noch nie gesehen, allenfalls mal eine Yogamatte, weil jemand vor der Show noch beim Vinyasa-Flow-Kurs war. In Richtung Fanatismus kam da bisweilen ziemlich wenig! Keine anonymen Geldspenden, keine creepy Heiratsanträge oder spontanen Besuche in meinen Privatgemächern. Ein einziges Mal wurde während einer Lesung ein Schlüpfer auf die Bühne geworfen, aber das auch nur ironisch, und er war nicht ansatzweise aus Satin oder sexy Spitze, sondern vielmehr aus grobem Feinripp! Alles in allem sehr enttäuschend.

Was bleibt zu sagen? Dieses Buch besteht aus Kurzgeschichten, Ratgeber-Texten und kleineren Dialog-Sequenzen, eignet sich also für Menschen mit geringer Aufmerksamkeitsspanne oder als kleines Must-have für die heimische Gästetoilette. Falls Sie dieses Werk als trivial empfinden und sich selbst eher als intellektuellen Leser begreifen, der zu Hause nur abstrakte Lyrikbände oder belletristische Weltliteratur hortet, können Sie mit diesem frechen Büchlein einen popkulturellen Kontrast setzen und Ihren Gästen etwas Bodenständigkeit vermitteln. Wenn Sie nach dem Lesen feststellen, dass Sie mich und meinen Humor nicht mögen, empfehle ich Ihnen, noch weitere meiner Bücher zu kaufen, denn je schneller ich monetär ausgesorgt habe, desto eher werde ich mich als mürrischer Winzer und Privatier in die Wuppertaler Berge zurückziehen, ein wortkarges Leben führen und Sie nicht länger belästigen. Sollte Ihnen dieses Buch hingegen gefallen, bitte ich Sie ebenfalls, noch viele weitere Bücher zu erwerben. Einfach nur, um Druck auf meinen Verlag auszuüben, damit sie dort endlich meinen Roman herausbringen. Im Wesentlichen geht es um das Dasein eines Mannes mit furchtbar eintönigem

Charakter, in dessen Leben nicht ansatzweise etwas Spannendes passiert. Arbeitstitel: *Der Schweigsame Manfred* oder *Der Mann ohne Eigenschaften II: Jetzt mit noch weniger Eigenschaften.*

Bevor ich nun endgültig abschweife, wünsche ich viel Freude beim Lesen!

Hochachtungsvoll
Patrice Salmôn

DIE KUNST DER BEGRÜSSUNG

BEGRÜSSUNGSFORMELN IN E-MAILS (UND WAS SIE BEDEUTEN)

SEHR GEEHRTE*R

= Ich bin ein normaler Mensch und habe ein sehr wichtiges berufliches Anliegen.

HALLO/GUTEN TAG

= Ich bin ein normaler Mensch und habe ein halbwichtiges berufliches Anliegen. Außerdem wollte ich einfach mal hören, wie es Ihnen geht.

HEY/HI

= Ich bin ein halbnormaler Mensch und habe ein unwichtiges berufliches Anliegen. Hier bei uns im Konzern sind wir alle per Du und total locker drauf, denn »Kunde« ist für uns ein Synonym für »Freund«. Komm doch mal in unser Loft-Office, dann zeigen wir dir unsere freigelegte Backsteinwand und den Kickertisch. Ruf aber vorher durch, denn wir sind hier alle in superflexibler Gleitzeit und eigentlich nie hier.

HEJ

= Mein Name ist Ulf, aber meine Freunde nennen mich Søren. Ich bin CEO eines jungen Start-ups, das wahlweise Designerhanteln aus öko-zertifiziertem Birkenholz oder Gemüseboxen mit »geretteten« Zucchini verkauft. Wir möchten dringend mit dir über eine Kooperation reden …

HUHU
= Ich bin eine gut gelaunte und völlig überdrehte Schwägerin zweiten Grades und wollte dich eigentlich nur fragen, ob wir heute Abend eine kleine Runde joggen gehen (24 Kilometer, Trailrun, 3500 Höhenmeter). Hatte es schon mal ein paarmal per WhatsApp versucht, aber du antwortest nicht.

HALLÖCHEN
= Ich bin eine noch besser gelaunte und komplett durchgedrehte Person, und ehrlich gesagt habe ich vor lauter Euphorie völlig vergessen, wer ich bin und was ich eigentlich wollte. Spieleabend? Ullis neuen Pizzastein ausprobieren? Gemeinsam zum Zumba? Ach, ich bin vielleicht auch einfach ein bisschen beschwipst.

GOTT ZUM GRUSSE
= Ich bin Jürgen, Hobbys: Nationalstolz, nörgeln und Nordic Walking. Esse bewusst nur Gemüse, das entweder perfekt aussieht oder so hässlich ist, dass man es aktiv im Stich lässt.

SERVUS/GUDE TACH AUCH
= Mit Nationalstolz habe ich nichts am Hut, aber meine regionale Prägung möchte ich trotzdem bei jeder Gelegenheit hervorheben, weil man die Menschen in unserer Gegend einfach lieben muss und es mir im Wesentlichen an interessanten Charakterzügen mangelt.

I BIMS

= Ich bin im Jahr 2016 hängen geblieben und spreche fließend sarkastisch. Liebe den Humor von »Best of Kleinanzeigen«. Manche Leute können nämlich echt keine Rechtschreibung, weil sie entweder ungebildet oder eingewandert sind. Ich sag nur: »Was letzte Preis?« Mein Anliegen habe ich vor lauter grenzdebiler Tränenlach-Emojis inzwischen vergessen.

MOIN

= Ich bin Claudia, Industriekauffrau aus Ober-Untertupflingen am Neckar. War schon mal mit meinem Göttergatten in Hamburg (*König der Löwen,* Miniaturwunderland, Reeperbahn), und seitdem werde ich das »Moin« einfach nicht mehr los. Einfach herrlich, der Norden!

MOIN MOIN/AHOI

= Ich bin Jörn. Eigentlich wollte ich nur kurz mit Swantje am Hafen spazieren gehen, aber dann habe ich mich irgendwie reingesteigert. Seitdem betreibe ich in unserem Nachbarort Hinter-Ober-Untertupflingen *Die Kajüte,* ein Backpacker-Hostel mit maritimem Flair und beklemmenden Themenzimmern (Fischmarkt, Möwen, Depression etc.).

MOINSEN

= Ich habe keine Ahnung, wer ich bin, habe aber entschieden einen an der Klatsche.

CREMIGE DIALOGE IM CAFÉ I

Ein Café in Dortmund. Ich sitze im gut besuchten Außenbereich, genieße die ersten Sonnenstrahlen des Tages und blättere ein wenig in meiner Lektüre. Neben mir ein älteres Pärchen. Beide etwa achtzig Jahre alt …

Er: »In der Sonne ist es aber echt warm.«
Sie: »Hm.«
Er: »Vorhin war kühler.«
Sie: »Da war ja auch noch keine Sonne.«
Er: »Hm.«

[kurze Pause]

Er: »Da haben sie heute Morgen im Radio gar nichts von gesagt.«
Sie: »Von was?«
Er: »Von der Sonne.«

[lange Pause]

Er: »Nicht dass ich mich noch verbrenne!«
Sie: »Holger, hast du denn dein Käppi nicht mit?«
Er: »Nee, heute Morgen war es ja frisch.«
Sie: »Hm.«
Er: »Konnte man ja nicht ahnen …«
Sie: »Sonst geh das Käppi doch mal eben holen! Ist doch nicht weit.«
Er: »Hm.«

Holger steht auf und geht. Etwa zehn Minuten später ist er zurück – auf seinem Kopf eine formschöne Schirmmütze.

Sie: »Das ging ja schnell. Ich habe uns derweil noch 'n Kännchen bestellt. Kommt gleich!«
Er: »Ach, herrlich!«
Sie: »Holger, hast du das Käppi gefunden?«
Er: »Ich hab's doch auf!«
Sie: »Schön!«

[lange Pause]

Er: »Jetzt ist die Sonne wieder weg.«
Sie: »Hm.«
Er: »Brauch ich das Käppi eigentlich gar nicht mehr.«
Sie: »Ja, nimm es doch ab. Kannste hier auf den Tisch legen!«
Er: »Gute Idee.«
Sie: »Das Kännchen kommt bestimmt gleich. Dann kannst du das Käppi ja wieder woandershin legen. Ist sonst zu voll auf dem Tisch.«
Er: »Hm.«

[Pause]

Er: »Jetzt wo die Sonne weg ist, ist es fast ein bisschen kühl.«
Sie: »Hm.«
Er: »Windig wird's auch.«
Sie: »Ja, ist schon ein Lüftchen.«
Er: »Vielleicht hol ich mir noch eben den Anorak.«
Sie: »Aber wenn das Kännchen jetzt kommt?«
Er: »Stimmt! Dann warte ich noch.«
Sie: »Aber nicht, dass du dich wieder erkältest. Hol das Jäckchen

ruhig eben. Ich sag dann drinnen Bescheid wegen dem Kännchen.«

Er: »Ja, dann geh ich mal eben.«

Holger steht auf und zieht erneut von dannen. Ich bin absolut begeistert von dieser Konversation. Liebe im Alter ist etwas Wundervolles! Und wie souverän Holger hier mit diesen extremen Wetterbedingungen umgeht und den unberechenbaren Launen der Natur trotzt, imponiert mir ungemein. Ach, ein schöner Tag!

AM ABGRUND IST DIE AUSSICHT SCHÖNER

Seit Jahren sitze ich in der Zwickmühle, denn ich hätte gern einen Hund, bin ich doch zutiefst überzeugt, dass so ein flauschiges Haustier eine Bereicherung für mein Leben wäre. Allerdings habe ich Angst davor, langfristig so eine positive und glückstrunkene Hundebesitzerausstrahlung zu entwickeln, die andere positive und glückstrunkene Hundebesitzer dazu veranlasst, mir bei den täglichen Waldrunden einen Knopf an die Backe zu labern und mir ihre ermüdenden Hundebesitzergeschichten zu erzählen, während sich unsere vierbeinigen Begleitungen gegenseitig an der Poperze beschnuppern. Ich bin ein introvertierter Mensch, und trotz grundsätzlichen Interesses an anderen Personen möchte ich im Wald meine Ruhe.

Im Kern befürchte ich, ein richtig grundzufriedener Mensch zu werden, schließlich macht so ein gutmütiger Hund ja was mit der eigenen ängstlichen Seele. Zufriedenheit kann ich für meine Arbeit nicht gebrauchen, denn dann würde sich bestimmt mein Humor verändern und ich wüsste nicht mehr, was ich auf der Bühne erzählen sollte: »Heute mit Benny im Wald gewesen, nette Leute getroffen, insgesamt toller Tag« – solche Geschichten will ja keiner hören, also wäre mit Comedy erst mal Schluss. Vielleicht müsste ich umschulen und würde als Mental-Health-Coach oder Achtsamkeitsblogger enden. Es mag ein Klischee sein, aber zufriedene Menschen schreiben keine Bücher. Allenfalls Glücksratgeber oder kitschige Wohlfühlromane über Menschen, die einfach so fortgehen und deren treudoofe Hunde dann die Fährte aufnehmen und ihnen meilenweit hinterherlaufen. Und das gibt es sicher alles schon. Es ist alles nicht so einfach.

Mit einem Hund wäre ich ständig an der frischen Luft. Am Ende offenbart sich, dass mein allumfassender Weltschmerz und die Melancholie kein Zeugnis meiner Intellektualität und eines komplexen Charakters sind, sondern mir schlichtweg Bewegung und Vitamin D_3 gefehlt haben. Das wäre durchaus entlarvend. Also hol ich mir wahrscheinlich doch eine Katze, die sich tagsüber liebevoll und mit all ihrer Flauschigkeit an mich schmiegt, nur um mir nachts heimlich die Augen auszukratzen, denn die implizierte Tragik und Unberechenbarkeit machen ja eben auch guten Humor aus, und das wäre schon allein vom Bild her die wesentlich bessere Pointe.

DIE WELT STÖRT MEINE SELFCARE

Viele Menschen haben mich gefragt: »Paddel, wie wird man eigentlich so ein entspannter und grundzufriedener Typ wie du? Was ist dein Geheimnis? Meditation? MDMA? Yogi-Tee-Microdosing?« Nun, hier ein kleiner Ratgeber:

1

Zufriedenheit ist ein Zustand, den man sehr leicht erlangen kann. Alles, was man braucht, sind gute Freunde, schönes Wetter, innere Ruhe, mentale Gesundheit, keine Existenzängste, ausreichend Schlaf, gute Musik und zwanzigtausend verschiedene Achtsamkeitsmagazine mit Titeln wie *Atme! Atme! Atme!*, *Komm mal auf dein Leben klar!* oder *ENTSPANN DICH, DU LAPPEN!*. Zudem darf man keine Nachrichten schauen, geschweige denn Zeitung lesen oder ins Internet gehen. Im Prinzip also alles ganz einfach.

Mir selbst wurden die trüben News zur allgemeinen Lage der Welt irgendwann zu viel. Die einfache Lösung: bedingungsloser Eskapismus. Ganz selten bekomme ich einen Impulsvortrag von meiner besten Freundin, bei dem sie mir von Dingen erzählt, die meine konkrete Lebenswelt betreffen: Inflation, sich anbahnende Weltkriege, drohende Orkanböen. Manchmal sagt sie aber auch einfach nur: »Wirsing ist im Angebot!« Denn das ist ja grundsätzlich auch gut zu wissen.

Um trotz mangelnder Informationen im Alltag nicht negativ aufzufallen, bediene ich mich in sämtlichen Small-Talk-Situationen folgender Floskeln:

1. »Wichtig ist jetzt, dass wir als Gesellschaft an einer gepflegten Debattenkultur festhalten. Wir dürfen nicht verlernen, respektvoll miteinander zu streiten!«
2. »Klima!? Hm, da müssen wir jetzt wirklich was tun!«
3. »Ja, Mensch. Der Putin wieder!«
4. »Es ist ja eben nicht immer alles schwarz oder weiß! Grauzonen! Grauzonen! Grauzonen!«
5. »Wirsing ist im Angebot!«

Das kann natürlich keine dauerhafte Lösung sein, aber diese radikale Form von Weltflucht tut mir momentan erstaunlich gut. Seitdem hat sich meine Laune deutlich verbessert, und den Satz »Wirsing ist im Angebot!« sollte man ohnehin viel öfter im Alltag benutzen. Am Ende ist der Wirsing immer irgendwo im Angebot.

2

Atmen Sie! Ich kann dieses Konzept nur empfehlen. Jedes Mal tief in den Bauch atmen. Was ich in den letzten Jahren nicht alles weggeatmet habe, seit ich mich dank meiner geliebten Psychotherapeutin mit dem Konzept des leider viel zu inflationär verwendeten Begriffes *Achtsamkeit* auseinandergesetzt habe, ist wirklich nicht mehr feierlich. Gefühlt habe ich sämtlichen Sauerstoff des erweiterten Ruhrgebiets in meinen Lungen. Atmen, atmen, atmen! Wiederholen Sie dabei stets Ihr Mantra: »Ich bin ein ausgeglichener Mensch. Ich bin eins mit mir. Ich spüre keine Wut mehr! Ich bin ein Glücksbärchen.«

3

Good vibes only! Bleiben Sie optimistisch und hören Sie auf Ihr Wandtattoo *Live Love Laugh.* Sie haben keine Zeit für Negativität, denn Sie müssen sich selbst erleben! Sie müssen mit Yoga-Jens und Batik-Bärbel psychedelische Trips auf Kakaobohnen erleben und ekstatische Tänze zu melodischem Deep House aufführen. Was fällt dem Putin ein, da irgendwelche Invasionskriege in der Ukraine zu führen? Der soll sich mal die *Flow* oder irgendein anderes dösiges Achtsamkeitsmagazin kaufen und Atemübungen im sibirischen Birkenwald machen. Krieg ist nicht Hygge. Kenner wissen: Im Grunde würden Sie sich gesellschaftspolitisch engagieren und auf der Straße für Ihre Meinung einstehen, aber Sie haben keine Zeit und politisch stehen Sie eh auf der richtigen Seite. Sie kaufen regional, besitzen ein *Refugees Welcome*-Shirt und haben erst neulich auf Facebook eine Anti-AfD-Zitatkachel geteilt. Um Ihr Gewissen zu beruhigen, reden Sie sich die Achtsamkeit als privatpolitischen Prozess schön. Atmen für den Frieden, Yoga gegen rechts, Selfcare für Lützerath!

4

Umgeben Sie sich mit schönen Dingen. Beschäftigen Sie sich mit dem Konzept Minimalismus und sagen Sie so oft es nur geht den Satz: »Zum Glücklichsein braucht man im Grunde gar nicht viel.« Sagen Sie diesen Satz möglichst, während Sie auf Ihrem Vitra-Lounge-Chair sitzen und den Ausblick auf Ihre überteuerten Designermöbel in Ihrer hundertzwanzig Quadratmeter großen Hamburger Altbauwohnung genießen. Sie brauchen ein Bouclé-Sofa, einen Sessel aus beiger Chenille und passives Licht für aktive Lebensfreude! Seien Sie Minimalist. Nicht bloß in der Wohnung, sondern auch im Kopf. Selfcare beginnt im Kürbis!

5

Lesen Sie jeden Tag einen Selfcare-Ratgeber. Neulich habe ich mir auf Anraten meiner Mutter solch ein pfiffiges Büchlein gekauft, und in besagtem Ratgeber gab es eine Seite mit praktischen Alltagstipps. Dort stand, dass man ab und zu im Alltag herumalbern soll. Ich zitiere: »Nimm dir fünf Minuten am Tag Zeit, um einfach mal kurz verrückt zu sein. Hüpf durch die Wohnung oder lach aus vollem Hals.« Na klar, dachte ich. Wir sind hier immer noch in Deutschland! Wenn schon verrückt, dann aber bitte geplant und nicht länger als fünf Minuten. Man kennt es doch – den ganzen Tag arbeitet man im Büro akribisch und humorlos seine To-do-Liste ab, und plötzlich heißt es: Time to be crazy, du wilde Maus! Da wird dann im Kundengespräch mal schnell am LSD geleckt und die Partytröte ausgepackt. Party! Party! Ich hasse dieses Buch. Dort stand auch: »Grenze dich von Menschen oder Situationen ab, die dir nicht guttun.« Anfangs war ich skeptisch, aber mittlerweile habe ich mich von einigen willkürlichen Passanten, einem Bund Koriander und meiner anstehenden Steuererklärung abgegrenzt. Ich denke, dafür werden die Leute vom Finanzamt durchaus Verständnis aufbringen, denn am Ende geht es hier um meine ausgewogene Work-Life-Balance. Auch von meinen Kindern habe ich mich abgegrenzt. Klar, das sind im Wesentlichen nette Leute, die mich ständig zum Lachen bringen und mein Leben mit Sinn erfüllen, aber letztlich haben sie einfach zu viele Bedürfnisse und wollen ständig was essen. Das stresst mich. Das Prinzip der Abgrenzung gefällt mir sehr gut. Wenn ich eines im Internet gelernt habe, dann das: Wer sich selbst in Watte packt und alles Negative in seinem Umfeld als *toxisch* definiert, braucht keine Widerstandskräfte mehr zu entwickeln. Mein neues Motto: Resilienz überwinden!

6

Lieben Sie sich selbst! Selbstliebe ist ein erstrebenswerter Zustand. Aber bloß nicht zu konsequent, denn wer die Selbstliebe perfektioniert, ist in den Augen mancher Hobbytherapeuten, die wieder zu viele Zitatkacheln von *Funk* gelesen haben, sofort toxischer Narzisst. Und toxischer Narzisst möchte man ja wirklich nicht sein, also sollte man doch hin und wieder auch an andere denken, aber eben echt nicht zu viel, sonst neigt man am Ende zu toxischer Empathie, und das führt dann wiederum zu absoluter Selbstaufgabe! Es ist kompliziert.

7

Zuletzt möchte ich Ihnen mein Konzept der fiktiven Hyperachtsamkeit vorstellen. Entwickelt habe ich das FiHyA-Prinzip mit renommierten *Feel good*-Forschern und einigen seelenlosen Sinnfluencern, die zu viel Pampasgras geraucht haben. Bei der autogenen FiHyA schärfen wir den Fokus auf Betätigungen außerhalb der eigenen Komfortzone, indem wir sie bewusst NICHT erleben. Heute war ich zum Beispiel bewusst NICHT joggen (toxisch), habe die Fenster nicht geputzt (toxisch) und danach keinen Grünkohl-Sellerie-Smoothie getrunken (detoxisch), um diese Handlungen und Prozesse nicht durch reales Erleben zu entwerten. Nur nach dem FiHyA-Prinzip »Fühlen statt Erleben« und dank der Kraft der Imagination schenken wir vermeintlich ungeliebten Dingen die Wertschätzung, die sie nicht verdienen. Wollen Sie mehr über FiHyA wissen? Dann weiß ich jetzt auch nicht weiter ...

8

Therapie schön und gut. Suchen Sie sich wahre Vorbilder zum Thema Mental Health, aber lieber im Internet! Jahrelang hatte ich mit Depressionen zu kämpfen, aber seit ich am Yoga-Retreat von Cathy Hummels teilgenommen habe, geht es mir besser. Danke, Cathy! Ich wäre so gern wie du und all die anderen yogabehosten Sinnfluencer, die mit einem reden, als wäre man drei Jahre alt. Dann hätte ich eine Gymnastikmatte aus Kork, eine inspirierende Aura und eine daily Morgenroutine. Dann wäre ich thankful. Dann wäre ich blessed. »Hey, ihr Süßmäuse«, würde ich dann jeden Tag hochoktavig in die Kamera sagen, während ich mit beiden Händen meine Tasse umklammere und schmusig dreinblicke: »Jeder Tag ist ein Geschenk, und dementsprechend lege ich viel Wert darauf, ihn mit Selbstliebe, Achtsamkeit und Wertschätzung zu starten. Im Trubel unseres hektischen Alltags vergessen wir doch manchmal, dass es der Zauber scheinbar gewöhnlicher Momente ist, der dieses Leben so kostbar macht. Mein Matcha-Tee duftet heute wieder besonders gut. Seit 6:30 Uhr rieche ich an dieser Tasse und grinse grenzdebil vor mich hin, weil ich so unendlich dankbar bin. Wart ihr auch schon mal dankbar? Bin so neugierig auf eure Kommis, denn jedes Wort von euch ist wie ein kleiner Tropfen Glück in meine innere Leere.« Immer daran denken: Selflove ist auch nur ein Anagramm von neoesoterischem Ausbeuterkapitalismus.

9

Humor kann ein wundervolles trojanisches Pferd sein. Jetzt, wo ich Ihre Aufmerksamkeit habe, ein paar kurze aufrichtige Worte: Ich möchte Depression wirklich nicht zu meinem Hauptthema machen, weil ich nach wie vor über vieles andere zu berichten habe, aber eine Sache will ich trotzdem kurz loswerden. Die letzten Jahre waren für mich sehr zermürbend, und für einen gewissen Zeitraum dachte ich, dass ich nie wieder auf einer Bühne stehen kann. Auslöser war damals eine mittelschwere Depression, die letztlich in einer Angststörung mündete. Panikattacken, Schweißausbrüche, Herzrasen, Atemnot – das volle Programm.

Inzwischen geht es mir sehr viel besser. Ich kann das Leben im Allgemeinen wieder genießen, was unter anderem daran liegt, dass ich eine wundervolle Psychotherapeutin gefunden habe, der ich mich vollkommen anvertrauen konnte. Zunächst hat sie mir einen achtwöchigen stationären Klinikaufenthalt ans Herz gelegt und mir im Anschluss über viele Sitzungen hinweg wertvolle Ratschläge gegeben und mich mit Methoden und Strategien vertraut gemacht, wie ich meine depressiven Phasen entweder überwinden oder besser mit ihnen umgehen kann. So eine Person zu finden, bei der es auch zwischenmenschlich passt, kann eine kräftezehrende Suche sein, bei der man viele Rückschläge in Kauf nehmen muss. In meinem Fall hatte ich sehr großes Glück.
Klar, es gibt Rückschläge und es wird noch viel Arbeit auf mich zukommen, aber die Therapie bewirkt enorm viel. Deswegen kann ich nur appellieren: Wenn es Ihnen nicht gut geht, bitte gehen Sie zum Arzt! Und wenn Sie das alleine nicht schaffen, nehmen Sie die Hilfe von Freunden und Familie in Anspruch. Versuchen Sie es irgendwie! Ich hätte das damals viel früher machen sollen, war aber zu stolz und wollte nicht auch noch das Klischee des depressiven Humoristen erfüllen.
Und immer schwingt der Gedanke mit, dass es so viele Menschen da draußen gibt, die wesentlich schlimmere Formen von Angstzuständen oder Depressionen erleben – die völlig abgeschlagen seit Jahren keinen Fuß mehr vor die Tür bekommen, kaum soziale Kontakte zulassen können oder vor lauter Selbstzweifeln noch nie ein

Gefühl von Stolz erleben durften. Diese Menschen schreiben keine Bücher, sind aber überall unter uns und brauchen neben professioneller Hilfe gesellschaftliches Verständnis und eine umfassende Entstigmatisierung. Niemand sollte sich im Stich gelassen fühlen.
Einige Menschen haben mich gefragt, ob es nicht langfristig sinnvoller wäre, Bühnenauftritte zu vermeiden, weil der damit verbundene Druck einem doch bestimmt irgendwann zum Verhängnis werden könnte. Ich habe häufig darüber nachgedacht. Fest steht: Meine Arbeit auf der Bühne hat mir immer sehr geholfen. Einige Zuschauer werden mir meine überspielte Unsicherheit nach wie vor anmerken, aber nichts hat mir in Momenten inneren Aufruhrs mehr Kraft geschenkt, als der verdammten Angst entgegenzutreten und sie mit Trotz und Willenskraft zu besiegen. Der Humor ist meine Superkraft, meine Art, den verdammten Monstern die Stirn zu bieten. Den lass ich mir von nichts und niemandem nehmen.

PS: Wirsing ist im Angebot!

MEIN SCHÖNES NEUES LEBEN

Ich habe mir ein Basilikum gekauft – ein frisches Basilikum in einem kleinen Topf, das so richtige Erwachsene sich hin und wieder kaufen, um für achtundvierzig Stunden so zu tun, als hätten sie ihr Leben im Griff, bevor das welke Ding dann desillusioniert in die Biotonne gepfeffert wird. Ich weiß nicht, was mich bewegt hat, aber als ich im Supermarkt stand und das frische Basilikum gesehen habe, dachte ich für einen kurzen Moment: Hey, so ein Mensch bist du jetzt eben! So ein Typ, der frisches Basilikum hat und jeden Morgen die Blätter streichelt und sich nach dem Befinden erkundigt, weil er nicht nur einen grünen Daumen, sondern auch ein empathisches Bewusstsein für Pflanzen und Küchenkräuter hat. Sogar so ein Flechtkörbchen habe ich mir gekauft, damit das Basilikum passabel gekleidet ist und nicht in seinem albernen schwarzen Plastikhöschen rumlaufen muss. Nun steht es hier auf der Fensterbank.

Inzwischen ist das Basilikum eine Stunde alt, reckt und streckt sich der Sonne entgegen und wirkt so voller Elan und Lebensfreude. Hätte ich auch nicht gedacht, dass ich es schaffe, das kleine Geschöpf so lange am Leben zu halten, aber vielleicht bin ich einfach reif und verantwortungsbewusst geworden. Immerhin habe ich jahrelang mit Kindern geübt, und die leben auch noch, aber so ein Basilikum ist schon eine wesentlich andere Herausforderung. Die führenden Basilikumforscher sagen, dass man es von unten bewässern soll und es nach dem Erwerb umgehend teilen und in zwei größere Gefäße umtopfen soll, damit es sich richtig entfalten kann. Und was soll ich sagen? Ich habe es durchgezogen, und seitdem laufe ich mit einem ganz anderen Selbstbewusstsein durch die Gegend und bin kurz davor, einen YouTube-Kanal für Urban Gardening und heimische Kräuterzucht zu eröffnen. Da würde ich den Leuten dann den ganzen Tag erzählen, wie ich das mit meinem kleinen Basilikum damals gemacht habe. Ich würde von meinen stolzen Vaterfreuden erzählen und berichten, dass mit diesem kleinen Schritt alles angefangen hat und ich seitdem ein kleines Kräuterimperium in meiner kleinen Altbauwohnung errichtet habe – Thymian, Salbei und frische Minze hochzüchte oder überteuerte Monstera-Ableger an die Yuppies in meinem Viertel verkaufe.

Mein Basilikum hat übrigens einen Namen: Ulf-Swantje. Anfangs konnte ich mich nicht entscheiden, denn durch sein hippes Bastkörbchen wirkt es auf den ersten Blick eindeutig wie eine Swantje, und eine Swantje sieht immer so aus, als würde sie Grafikdesign studieren, Rennrad fahren und sich für Line-Art-Tattoos interessieren. Aber tief im Basilikum steckt auch die kernige Bodenständigkeit eines echten Ulfs. Ich führe nun das Leben eines richtigen Gärtners und bin ein ziemlicher Naturbursche geworden. Manchmal steigert man sich ja in gewisse Hobbys rein und verliert die Passion recht schnell aus den Augen, aber dieses Mal fühle ich es einfach und habe mich mit meiner neuen Identität als Farmer und Florist abgefunden.

Mein Leben hat sich ziemlich verändert, denn ich wohne im Erdgeschoss, und wenn ich die Vorhänge öffne, bekommt man als vorbeilaufender Passant einen guten Einblick in meine repräsentativen Gemächer. Da ziehen die Menschen also vorbei, und wenn ich bei geöffnetem Fenster am Küchentisch sitze, vernehme ich nun Gesprächsfetzen wie: »Ulrike, schau dir dieses prächtige Basilikum an. Wie macht man das nur? Da hat jemand sein Leben echt unter Kontrolle. Beneidenswert!« Auch auf Frauen mache ich jetzt einen wesentlich interessanteren Eindruck. Erst vor wenigen Sekunden stand ich lächelnd mit meinem Basilikum am Fenster, eine junge Frau sah zu mir auf und sagte: »Ach, junger Herr! Wer sich so fürsorglich und liebevoll um Küchenkräuter kümmern kann, der muss ein wahnsinnig toller Liebhaber und Lebenspartner sein! Ich wünschte, du wärst der meine! Darf ich dich küssen?«

Mittlerweile habe ich mich bei Tinder abgemeldet, denn mein Sexualleben ist ein ziemlicher Selbstläufer geworden und ich lebe das Leben eines attraktiven Floristik-Fürsten. Hätte ich das alles geahnt, als ich vorhin im Supermarkt stand und diese lebensverändernde Entscheidung getroffen habe – vermutlich wäre alles ganz anders gekommen, weil ich eine viel zu hohe Erwartungshaltung an mein zartblättriges Pflänzchen an den Tag gelegt hätte. Vielleicht hätte es das fragile Wesen unter Druck gesetzt und es wäre umgehend eingegangen, aber es ist zum Glück alles ganz anders gekommen. Was soll ich sagen? Ich bin ein Macher und habe mein Leben im Griff! In den letzten zwei Stunden habe ich die Steuererklärung abgegeben, meine Mutter angerufen und den Besteckkasten von innen ausgewischt. Es ist verrückt! Ich bin wirklich ein neuer Mensch geworden. Einzig die Verlustängste quälen mich, denn mein Basilikum ist mir so arg ans Herz gewachsen, ich werde einfach nie wieder in den Urlaub oder auf Lesereise fahren können. Ich müsste das Basilikum immer mitnehmen, und was würden die Leute dann denken? So ein Basilikum kann man während seiner Abwesenheit ja nicht einfach von den lustlosen Nachbarn gießen lassen. Die können diesen Ansprüchen niemals gerecht werden. Nur ein Tropfen zu viel, ein Sonnenstrahl aus falschem Winkel oder ein abweisender Blick würden dieses Wesen so derart verunsichern, dass es sich umgehend für den Freitod entscheiden würde. Ich werde also jetzt für immer in dieser Wohnung bleiben müssen. Dieses Basilikum braucht meine bedingungslose Liebe, meine Nähe, meine Empathie! Und wenn ich so drüber nachdenke, möchte ich auch nirgendwo mehr hin. Ich bin ein einfacher Mann und als Selbstversorger ohnehin unabhängig. Ich werde mich einfach die nächsten Jahre ausschließlich von Gin Tonic und Pesto ernähren. Es gibt Menschen, die haben romantische Vorstellungen von einem abgeschiedenen Leben in der Toskana, aber ich habe mir hier meine eigene kleine Toskana geschaffen. Vielleicht werde ich mir noch einen kleinen Weinberg in der Wohnung aufschütten und ein Leben als Winzer führen. Ach, es ist alles so unfassbar schön!

Und während ich so darüber nachdenke, mir meine goldene Zukunft ausmale und diese Geschichte hier schreibe, da stelle ich fest: Das Ding ist inzwischen wellig und welk geworden. Das Basilikum ist tot, ausgelaugt, erschöpft, vom Leben dahingerafft. Ich werde Abschied nehmen müssen. Im Kreise seiner Liebsten werde ich ihm eine angemessene Beerdigung bieten, ich werde weinen, ihm ein paar letzte Worte mit auf den Weg geben, bevor ich den kleinen Bastard lieblos in den Biomüll schleudern werde. Alles Leben ist vergänglich! Ulf-Swantje, ruhe in Frieden!

NORBERT

Meine Freunde sind kaputt. Sie heiraten und gründen Familien. Manche ziehen in die Welt hinaus oder verschwinden in Hobbykellern dubioser Doppelhaushälften. Ich weiß auch nicht, was das soll. Manche Kumpels haben Nachwuchs bekommen und meinen, ihre Freizeitgestaltung plötzlich nach den Kindern ausrichten zu müssen. Ständig heißt es: »Tut mir leid, ich bin so müde und erschöpft wegen dem Baby.« Oder: »Ich kann mitten in der Woche keine Drogen nehmen, weil ich den Leander nüchtern zur Schule bringen muss.« Da haben sich die Prioritäten durchaus verschoben. Mein Verständnis dafür tendiert gen null. Die wenigen Freunde, die keine Kinder haben, arbeiten in Festanstellung und sagen Sätze wie: »Patrick, ich weiß, dass du Freiberufler bist, aber ich kann nicht jeden Mittag um 13 Uhr zum Minigolf und dort mit dir Eierlikörchen trinken. Ich werde gekündigt. Versteh es doch endlich!« Nun, sollen sie selbst wissen.

Jetzt könnte ich mir eingestehen, Teil des Problems zu sein, da ich selbst mal eine Familie gegründet habe. Das wäre mir als Analyse aber zu einfach. Außerdem verkennt es das eigentliche Dilemma: Freunde und Bekannte sind durchaus vorhanden, allerdings sind die ebenfalls in Beziehungen und kommen stets im klobigen Pärchen-Paket daher. Es scheint ein ungeschriebenes Gesetz zu sein. Kaum ist man in einer Beziehung, lernt man andere Menschen nur noch im klobigen Doppelpack kennen. Da sitzt man dann, schaut den Kindern beim Spielen zu und philosophiert über nervenaufreibende Themen wie Eigenheimfinanzierung oder die Energieeffizienzklassen von Backofen-Mikrowellen-Kombigeräten. Ich brauche *eigene* Freunde, und die sollen gefälligst weder Partner noch Kinder haben.

Was denken denn alle bloß an sich? Kinder habe ich selbst zu Hause, und da sind durchaus nette Leute dabei, aber während ich meine Freunde besuche, möchte ich nicht ständig auf Bauklötze und Legosteine treten oder am Esstisch versehentlich mit dem Ellbogen irgendwelche glibberig-feuchten Sachen touchieren. In anderen Wohnungen soll es nicht nach Babypups oder Kinderturnschläppchen riechen, und ich möchte auch mit niemandem über Vorteile von Stoffwindeln oder den Tragekomfort von Schulranzen diskutieren.

Aber wo findet man neue Freunde? Wenn man ein gewisses Alter erreicht, Ausbildung oder Studium hinter sich gelassen hat und weder Mitglied im Minigolfverein noch im Herrenchor der freiwilligen Feuerwehr ist, dann ist es gar nicht so leicht, im Alltag neue Menschen kennenzulernen. Es gibt durchaus extrovertierte und mutige Leute, denen es leichtfällt, Anschluss zu finden. Die gehen alleine in die Kneipe, klopfen dreimal auf den Tresen und brüllen Sätze wie: »Moin zusammen! Ich bin der Ulli, neu in der Stadt und die nächste Runde geht auf mich. Wer will knuddeln?« Aber das kann eben nicht jeder.

Als ich damals nach Dortmund gezogen bin, kam ich auf die Idee, mich bei Tinder anzumelden. Nicht weil ich auf der Suche nach sexuellen Abenteuern oder einer diskreten Zweitfrau war, sondern einfach, weil ich neue Menschen kennenlernen wollte. Um die Häuser ziehen, Billard spielen, Pommes essen – der ganz normale Wahnsinn. Schnell fiel mir auf: Diese persönlichen Beschreibungen in den Profilen klingen alle gleich: Vino, Netflix, politisch Mittelinks, Bouldern, Leidenschaft für Danish Design aus den 50ern. Jede Biografie scheint vollkommen austauschbar. Wo sind Menschen, die mal ein wenig aus der Reihe tanzen und aufrichtig zu ihren inneren Widersprüchen stehen?

Viel lieber würde ich ehrliche Texte lesen: »Hallo! Ich bin Frauke, 43, wohnhaft im Landkreis Bautzen. Heute Morgen gab es Linsen-Dal mit nepalesischem Eiersalat zum Frühstück. Modisch orientiere ich mich am Normcore-Stil der späten 00er-Jahre. Lieblingsserien: *Squid Game* und *Paw Patrol*, jeweils in Originalsprache ohne Untertitel, denn besonders bei *Squid Game* geht in der Synchro viel vom brillanten Sprachwitz verloren. Engagiere mich bewusst FÜR den Einsatz von gendergerechter Sprache, aber GEGEN andere Frauen im Allgemeinen. Musikalische Vorlieben: Itchy Poopzkid, Tech House und den ›frühen‹ John Lennon (Beatles). Leide massiv unter Klaustrophobie, lebe aber aus Selbsthass in einem Tiny House. Leidenschaften: Minimalismus und meine Meissener-Porzellan-Sammlung. Lebensmotto: ›Es gibt keinen Weg zum Frieden, denn Frieden ist der Weg.‹ Sonstige Hobbys: mein Lavendelgarten, Meditation und irgendwelche pickeligen Stricher bei Counter-Strike abknallen!«

Schön wäre auch: »Hallöchen! Ich bin der Jochen, einfühlsamer Best Ager im Herbst seines Lebens. Vertrauenslehrer und Gründer einer Lastenrad-Manufaktur in Leverkusen. Ich bin introvertiert, hypersensibel und habe Angst vor Telefonaten, halte das aber nicht für einen hervorhebenswerten Charakterzug. Mit meinem Privatvermögen engagiere ich mich GEGEN Artenschutz und FÜR die Förderung fossiler Brennstoffe in der Vulkaneifel. Hobbys: Orthografie und Origami. Denn Menschen mit falscher Rechtschreibung falte ich gern mal zusammen. Leibspeisen: Ćevapčići und Ražnjići. Doch nicht nur beim Essen setze ich gern Akzente. Insgesamt humorvoller Typ. Modisch irgendwo zwischen Steampunk und Rockabilly. Lieblingsfilme: *Stirb langsam* und *Die fabelhafte Welt der Amélie*. Denn wie heißt es in letzterem so schön: »Sie sind jedenfalls kein Gemüse, denn selbst eine Artischocke hat ein Herz.«

Ich weiß nicht, ob Frauke oder Jochen meine Freunde geworden wären, aber mit denen muss man bestimmt nicht ins Café Extrablatt, und zu Energieeffizienzklassen von Backofen-Mikrowellen-Kombigeräten haben die sicher auch keine Meinung. Fest steht: Ich brauche neue Freunde, und meine Ansprüche sind nicht sonderlich hoch. Im Idealfall sollten die neuen Freunde immer Zeit haben, also möglichst keiner Arbeit nachgehen. Das sollte nicht zu viel verlangt sein. Eigentlich möchte ich so leben wie in *Friends* oder anderen 90er-Sitcoms. Den ganzen Tag würden irgendwelche Leute in meiner viel zu großen Penthouse-Bude abhängen, wir würden lachen, Filme gucken und ständig Pizza bestellen. Und niemand würde wissen, ob diese Menschen jetzt bei mir wohnen oder einfach sehr beharrliche Gäste sind, die den Absprung verpasst haben. Sobald peinliche Stille aufkäme, würde jemand eine Kissenschlacht beginnen und alle würden herumtollen und kichern. Einfach weil wir so crazy sind. Wie gesagt, meine Ansprüche sind nicht hoch.

Im Idealfall möchte ich einen Freundeskreis aus der Heavy-Metal-Szene, denn Metalheads sind die liebsten Menschen der Welt. Gerade stehen sie noch mit langen Bärten, schwarzer Kleidung und finsterem Blick vor dir, und wenig später gehen sie ans Telefon und sagen Sätze wie: »Vermiss dich, mein süßes Knuddelbärchen! Du legst auf! … Nein, DU legst auf!« Gelebte Ambivalenz! Abends geht man aufs Konzert und brüllt Textzeilen wie »HATE! BLOOD! KILL ALL PEOPLE«, und am nächsten Morgen geht man mit Sanftmut und Hingabe seiner Arbeit in der Altenpflege oder im inklusiven Kindergarten nach. Mein Problem: Ich liebe die Heavy-Metal-Szene, mag aber die Musik nicht. Wäre also schön, wenn die neuen Freunde es tolerierten, wenn ich auf gemeinsamen Konzertbesuchen anderer Musik über Kopfhörer lausche. Beim restlichen Lifestyle will ich allerdings mitmachen.

Vor einigen Jahren hatte ich mal einen Auftritt auf dem Wacken-Festival. Eine der schönsten Erinnerungen meines Lebens. Ich war unfassbar nervös und zitterte am ganzen Körper. Irgendwann ging ich auf die Bühne, stammelte wirres Zeug und las die Geschichte *rostrotkupferbraunfastbronze* vor – eine Ode an alle Bartträger dieser Welt. Und dann wurde es bizarr, denn während ich so vor mich hin grummelte, begannen sämtliche Zuschauer und Zuschauerinnen andächtig ihre Hand aufs Herz zu legen und auswendig mitzusprechen. Und mit »sprechen« meine ich »brüllen«. Diese Geschichte schien ihre Hymne zu sein, und innerhalb von wenigen Sekunden hatte ich Gänsehaut am ganzen Körper. Ich beendete meinen Auftritt mit einer melancholischen Geschichte über den Zauber vertrauter Gerüche und einem sentimentalen, rückblickend betrachtet vor Kitsch triefenden, Gedicht über Zugvögel. Nach dem Auftritt kam ein finsterer Hüne auf mich zu, öffnete sein Dosenbier und sagte unter Tränen: »Patrick, das mit den Zugvögeln hat mich emotional sehr berührt. Darf ich dich knuddeln?« Ach, es waren wilde Zeiten.

Ich schweife ab. Bei Tinder habe ich mich dann schnell wieder abgemeldet. Die Nachfrage war gering, anscheinend war meine Biografie genauso austauschbar: Vino, Netflix, politisch Mitte-links, Leidenschaft für Danish Design. Bloß an Bouldern habe ich kein Interesse, denn ich habe Höhenangst und mag die Tatsache, dass ich noch Haut an meinen Händen habe. Habe es dann bei LinkedIn probiert, aber dort wimmelte es nur so von Machern, CEOs und ehrgeizigen Businessleuten, die den ganzen Tag in irgendwelchen *Calls* abhängen und Wörter wie *Benchmark*, *Learning* oder *Mindset* benutzen. Nicht meine Welt. Mein einfacher Lebenstraum: Ich wäre gern Betreiber einer mäßig besuchten Minigolfanlage im Kreis Wipperfürth. Den ganzen Tag möchte ich mürrisch in einer kleinen Bretterbude sitzen, Filterkaffee trinken und apathisch auf die verwitterten Bahnen schauen. Dreimal am Tag würde ich Schläger rausgeben, Kratzeis verkaufen, Kinder anpöbeln und Sätze brüllen wie: »Aber nicht auf die Bahn treten, ihr Ficker!« Ja, das wäre schön. Karriere würde ich das jetzt nicht nennen, aber ich glaube, ich wäre glücklich!

All das habe ich geschrieben, und es hat sich tatsächlich jemand gemeldet. Weder bei Tinder noch bei LinkedIn, sondern im Online-Seniorenportal. Norbert ist dreiundneunzig, rüstiger Rentner und mein neuer bester Freund. Norbert hat immer Zeit. Er ist Witwer und die Kinder sind vor vierzig Jahren ausgezogen. Norbert und ich passen perfekt zusammen, denn seit einer gefühlten Ewigkeit träumt er vom eigenen Tretbootverleih mit angrenzender Minigolfbahn. Zahlende Gäste möchte er nicht, weil er den ganzen Tag selbst mit dem Bötchen fahren will, und da wäre Kundschaft nur unnötiger Ballast. Weitere Hobbys: Kniffel, Enten füttern und Death Metal. Lieblingsalben: *Gallery of Suicide* und *Butchered at Birth* von Cannibal Corpse. »Zum Runterkommen«, sagt er. Ich mag Norbert! Heute Morgen haben wir eine Kissenschlacht gemacht. Wir haben gekichert, lachend herumgetollt, und Norbert brüllte: »Hate on our side we will never fail. Now the killing will start, tear the bastards apart, strike the enemy down, the time to kill is motherfucking now.« Danach hat er Schnappatmung bekommen und ist vom Rollator gekippt. Norbert ist jetzt auch kaputt. Schade! Für Kniffel reicht's noch. Und wenigstens riecht er nicht nach Turnschläppchen.

CREMIGE DIALOGE IM CAFÉ II

1

Ein Café in Bochum, Gespräch am Nebentisch

Sie: »Hmmm, lecker! Und wie ist dein Essen?«
Er: »Nun, das Risotto könnte etwas schlotziger sein.«
Sie: »Wie bitte?«
Er: »KÖNNTE SCHLOTZIGER SEIN!«
Sie: »Ulrich! Was sollen denn die Leute denken?«

2

Ein Café in Lübeck, Gespräch am Nebentisch

Er: »Und was nimmst du?«
Sie: »Ich denke, das Linsen-Dal. Oder kannst du was anderes empfehlen? Nur vegan muss es sein.«
Er: »Vegan? Ach, super! Ich hatte auch mal darüber nachgedacht, allein wegen dem Tierwohl! Und wenn es dann auch noch gut fürs Klima ist …«
Sie: »Ach, ich mach das eigentlich nur für mein Hautbild. Die Tiere sind mir relativ egal.«
Er: »Oh, das finde ich jetzt aber moralisch verwerflich!«
Sie: »Warum?«
Er: »Seltsame Motivation. Irgendwie ziemlich eitel.«
Sie: »Mag sein! Und was nimmst du?«
Er: »Wie immer – Schnitzel.«

3

Ein Café in Dortmund, Gespräch am Nebentisch

Sie: »Mein letzter Freund war krankhafter Narzisst. Die ganze Welt hat sich nur um ihn gedreht. Keinerlei Empathie!«

Er: »Das tut mir leid.«

Sie: »Ständig auf der verzweifelten Suche nach Anerkennung. Wenn du den nicht ständig gelobt hast, war die Stimmung im Keller. Hab ich viel zu lang mitgemacht!«

Er: »Kenn ich. Ich hatte auch mal eine …«

Sie: »Ich mein, wofür hätte ich den loben sollen? Im Grunde konnte der Jürgen nicht viel. Insgesamt war der ein recht dumpfes Persönchen …«

Er: »Gibt so Leute.«

Sie: »Ein schlichter Geist. Unterbelichtet wäre jetzt untertrieben. Aber wenn da noch ein Lämpchen war, hat es allenfalls sporadisch geflackert.«

Er: »Meine letzte Partnerin war auch …«

Sie: »Einfältig war der Jürgen! Und manchmal hat der eine Behäbigkeit an den Tag gelegt! Wenn ich bloß daran denke! Ich könnte den würgen … den Jürgen!«

Er: »Ja, wie gesagt, meine letzte …«

Sie: »Hat auch ständig nur über sich geredet.«

Er: »Hab den gleichen Mist hinter mir. Letztes Jahr …«

Sie: »Immer bloß ICH, ICH, ICH! Da leidet am Ende die ganze Psyche drunter.«

Er: »Ich musste wegen der Birgit damals sogar zum Therapeuten. Hat bei mir zu schweren Depressionen geführt.«

Sie: »Ach, Depressionen! Ich sag immer – frische Luft, ein bisschen Sport. Vor zwei Jahren war ich auch mal beim Therapeuten. War aber nix.«

Er: »Ich habe das auch lange nicht ernst genommen, aber …«
Sie: »Dabei gibt es so schöne Mandalas. Kann man richtig bei abschalten.«
Er: »Also ich denke, ich muss dann mal los.«
Sie: »Haben Sie gemerkt? Zweimal ICH in einem Satz! Wohl auch Narzisst?«
Er: »Ich hab da einen wichtigen Termin vergessen.«
Sie: »Und DAS hat der Jürgen auch immer gesagt. Wie heißen Sie eigentlich?«
Er: »Jochen.«

MEIN DANKBARKEITSTAGEBUCH I

MONTAG:

Ich bin dankbar für meine innere Ruhe. Meist wache ich um 13:55 Uhr auf und beginne den Tag mit einer sanften Meditation auf meiner watteweichen Bouclé-Designercouch. Dann fällt mir auf, dass ich gar nicht meditieren kann. Ach, Paddel! Du Dummerchen, denke ich daraufhin und lache ein bisschen. Danach trinke ich drei Tassen mittelstarken Filterkaffee, rauche vollkommen zerknautscht eine Zigarette, lege mich wieder hin und starre regungslos und apathisch auf mein Handy, um mir belanglose YouTube-Videos anzuschauen, einzig mit dem Ziel, meine Sinne zu betäuben, keinen klaren Gedanken fassen zu müssen und diese schwarze Leinwand namens Seele mit etwas Farbe anzupinseln. Kaufen Sie auch meine Autobiografie: *Die minimalistische Ästhetik meiner inneren Leere*. PS: War nur Spaß! Ich bin ein kleiner Sonnenschein, und das wissen wir alle.

DIENSTAG:

Ich bin dankbar für mein neues Hobby. Zweimal in der Woche schnappe ich mir meine sexy Schläppchen, einen flauschigen Bademantel und gönne mir eine kleine Auszeit im Wellnesstempel meines Vertrauens – der Therme. Das Prinzip von Saunieren ist ja im Grunde vollkommen absurd. Bei jedem Aufguss stelle ich mir vor, wie außerirdische Lebensformen auf uns Menschen herabblicken und dann sehen, wie sich fünfzig nackte Menschen schwitzend in eine enge und viel zu warme Holzhütte quetschen, nur damit dann ein spärlich bekleideter Mann mit lustigem Filzhut ein Handtuch durch die Luft wirbelt, woraufhin einige barbusige oder brustbe-

haarte Mittvierziger Dinge wie »Aaaaaaaaaah!« oder »Oooooooooh« oder »Hmmmmmmm!« stöhnen. Es muss völlig grotesk wirken.
Ich weiß gar nicht, warum mir Saunieren so gefällt, vermutlich bin ich einfach gern nackt oder liebe es, im Bademantel durch die Gegend zu flanieren. Im Alltag habe ich das bereits versucht, aber andernorts stoße ich da bei der Gesellschaft auf Unverständnis, wenn ich in vollkommenem Selbstverständnis mit baumelndem Gemächt durch den Biomarkt flaniere. Schade!
Heute dann ein seltsamer Anblick: Im Ruheraum liegt ein etwa achtjähriger Junge im Bademantel und döst vor sich hin. Ich glaube, an keinem Ort der Welt wirkt ein Drittklässler deplatzierter als in einer Wellnesstherme. »Na, Malte? Was sind deine Hobbys?« – »Och, du! Pokémon und Selfcare! Einmal die Woche gönne ich mir 'ne Runde Saunieren. Ich schwör ja auf die Kraft des Schwitzens! Manchmal brauch ich einfach 'ne Auszeit von dem ganzen Stress. Immer mit dem Schulranzen losziehen. Das geht auch in den Rücken! Vor allem kommt man da mal so richtig runter und kriegt den Kopf frei. Urlaub für die Seele, das sag ich dir!« Was er wohl noch für seltsame Hobbys hat? Golf? Wanderausflüge in den Harz? Trifft er sich abends mit seinen achtjährigen Freunden in einem gutbürgerlichen Restaurant, um in karierten Kurzarmhemden 'ne Runde Kniffel zu spielen? Hat er in der Kneipe 'nen eigenen Deckel? Man weiß es nicht.
Passend dazu fände ich es amüsant, wenn sich normale Mittvierziger-Büroangestellte in der Kantine über klassische Drittklässler-Themen unterhalten würden. Schöne Dialoge wären das:
»Ah, der Herr Koslowski aus der IT! Mahlzeit!«
»Ach, der Schröder aus der Logistik. Sagen Sie mal, was ist eigentlich Ihr Lieblingsdinosaurier?«
»VELOCIRAPTOR!«

MITTWOCH:
Der Mittwoch ist der Sommer der Woche, also habe ich gute Laune. Außerdem bin ich äußerst dankbar, dass es Menschen gibt, die sich mit Dingen auskennen, von denen ich wirklich nicht die geringste Ahnung habe. Heute Morgen war ich in der Kfz-Werkstatt, und der freundliche Mechaniker hat mir in aller Geduld einen langen Vortrag über den Defekt und die damit verbundenen Reparaturmaßnahmen an meinem Fahrzeug gehalten. Nach fünf Minuten und jeder Menge technischer Fachbegriffe habe ich all meinen Mut zusammengenommen und zugegeben, dass ich kein einziges Wort verstanden habe. Der Vortrag begann also von vorne, erneut fielen kryptische Fantasiewörter, und alles, was ich mir gemerkt habe, war das Wort *Turbolader,* und das auch nur, weil es irgendwie nach *Speedblaster* klang – also entweder nach einer Corona-Auffrischungsimpfung oder einem lustigen Gadget aus einem *James Bond*-Film, das mein Auto im Berufsverkehr der A46 auf fünfhundert Stundenkilomenter beschleunigt und dabei gigantische Flammen wirft. Dann folgender Dialog:

Er: »Sie haben wirklich nicht die geringste Ahnung, oder? Ich könnte Ihnen jetzt im Prinzip jeden Scheiß andrehen!«
Ich: »Das ist völlig korrekt. Vielleicht ein letzter Versuch?«
Er: »Also das Dings am Gedöns ist kaputt. Da müssen wir ran …«
Ich: »Okay! Ansonsten BUM, BUM!?«
Er: »Nee, eher so ZZZSCH! PFLUMPF! Aber wahrscheinlich brauchen Sie nur ein neues Nupsi.«

Na, warum denn nicht gleich so?! Ich bin dankbar für die wundersamen Auswüchse der deutschen Sprache!

DONNERSTAG:

Am Sonntag werde ich meine Mutter besuchen, und deswegen hat sie mir gerade eine SMS geschrieben, um zu fragen, ob ich denn zum Frühstück eher Tee oder Kaffee trinken möchte. Grundsätzlich hätte sie beides im Haus. Es ist besonders die Spontanität, die ich an unserer Familie zu schätzen weiß. Diese unbekümmerte Bereitschaft, einfach mal mutig in den Tag hinein zu leben.

FREITAG:

Am Abend ein schöner Dialog mit meinem Großen.
Sohn: »Papa, wir müssen umziehen!«
Ich: »Warum?«
Sohn: »Mein Zimmer ist dreckig.«
Ich bin dankbar für meine tolle Familie!

SAMSTAG:

Am Mittag habe ich einen kleinen Spaziergang gemacht und auf dem Rückweg einen benzinbetriebenen Laubbläser auf dem Sperrmüll gefunden. Er funktioniert einwandfrei und schenkt mir ein Gefühl von Macht, also habe ich ihn mit in meine Wohnung genommen, und nun beruhigt mich die Vorstellung, dass ich alle anstehenden Konflikte mit meinen Mitmenschen auf subtile nonverbale Art lösen kann. SCHWUMM! Technik ist etwas Wundervolles.
Ebenfalls dankbar bin ich für meine neuen Noise-Cancelling-Kopfhörer. Seit ich meine Außenwelt nicht mehr wahrnehme, verstehe ich meinen verstorbenen Großvater, der stets, wann immer es Stress gab oder meine Oma mit ihm schimpfte, einfach sein Hörgerät ausschaltete und seine Ruhe hatte. Ein tolles Konzept! Im Grunde war er Vorreiter der Noise-Cancel-Culture. Ach, die Liebe im Alter kann etwas Wundervolles sein!

Eine kleine Anmerkung hierzu: Man neigt ja dazu, die Zeiten zu glorifizieren, in denen zwei Menschen ihr gesamtes Leben zusammenblieben. Die Sichtweise, dass Bindungen immer flüchtiger werden, weil Paare aufgrund der Möglichkeiten an alternativen Lebensentwürfen kaum noch an ihren Beziehungen arbeiten, ist oftmals nichts als romantische Verklärung, denn man scheint dabei zu vergessen, dass es damals andere Abhängigkeitsstrukturen gab.

Meine Großeltern waren mehr als sechzig Jahre lang zusammen und lebten stets in derselben Wohnung. Ob aus Liebe, Gewohnheit oder anderen Gründen vermag ich kaum einzuschätzen. Auch als Enkel war man nur ein Besucher. Was ich weiß: Meine Oma hat nie gearbeitet und war abhängig von ihrem Mann, hat eine Art »Taschengeld« bekommen. Zweimal ist sie abgehauen, kam aber immer wieder, weil sie alleine verloren war. Das alles trübt mein Bild. Was ich auch weiß: Im hohen Alter sind sie stets behutsam und respektvoll miteinander umgegangen, waren umsichtig, zärtlich, und das haben sie auch ausgestrahlt. Es schien, als würde nichts auf der Welt die beiden trennen können. Nachdem mein Opa vor einigen Jahren starb, sagte Oma zu mir: »Eure Hochzeitsfeier nächstes Jahr will ich noch erleben, und dann ist auch gut.«

Einen Sommer später, am Tag unserer Trauung, hat sie mein Vater aus dem Pflegeheim geholt. Sie hatte längst körperlich abgebaut und war kaum noch bei Kräften, aber zu diesem Fest hat sie ihr schönstes Kleid angezogen und ist in einer gigantischen Wolke aus Haarspray und Parfüm verschwunden. Sie hat gesungen, gelacht, und ich war so unfassbar glücklich, dass sie diesen Tag mit uns erleben konnte.

Drei Tage später hat sie still und heimlich aufgehört zu atmen. Einfach so. Als hätte sie mit dem Finger geschnippt und gemurmelt: »Schön war's. Licht aus, Freunde!« Die Geburt ihrer beiden Enkel hat sie nicht mehr erleben können. Manchmal macht mich das traurig, aber so sollte es eben sein. Es war ihre bewusste Entscheidung, und ich bin wahnsinnig stolz auf diese Frau. Den Zeitpunkt ihres Todes selbst zu bestimmen – das konnte ihr niemand nehmen. Ich bin dankbar für diese Erinnerung!

SONNTAG:

Meine Mutter hat abgesagt. Also bin ich spontan in die Therme gefahren. Das Schicksal wollte es so! Am Abend dann ein wunderschönes Erlebnis. Gegen 22 Uhr stand ich mit einem guten Freund im Außenbereich der Saunalandschaft, um eine Zigarette zu rauchen, da passierte etwas sehr Sonderbares. Die gesamte Anlage war schlecht beleuchtet, und irgendwann dachte ich: Zu Hülf! Wo ist denn hier ein Aschenbecher? Nachdem ich ein wenig unbeholfen umhergetapst war, nahm ich einige Meter weiter rechts neben mir die Silhouette eines menschlichen Körpers wahr und sah einen kleinen glühenden Punkt. Ich ging einige Meter näher heran und erkannte irgendwann, dass es sich um eine ältere Dame handelte, die ebenfalls eine Zigarette rauchte. Auf dem Boden direkt vor ihren Füßen stand ein kleiner Aschenbecher. Aha, die Frau steht da goldrichtig, dachte ich, ging noch näher heran und nickte der Dame freundlich zu. Ich beugte mich herunter, drehte den Deckel des Behältnisses auf, aschte hinein und drückte meine Zigarette darin aus. In dem Moment, als ich mich aufrichtete, ging das Außenlicht an, und da merkte ich, dass es sich bei besagtem Aschenbecher keineswegs um einen Aschbecher im klassischen Sinne, sondern um die Aloe-vera-Tageslotion der älteren Dame handelte. Verdammt, dachte ich nur, lief auf der Stelle knallrot an und versuchte der Frau zu erklären, dass ich durchaus gewillt sei, ihr eine neue Creme zu kaufen. Erst in diesem Augenblick wurde mir bewusst, dass die Dame den gesamten Vorgang stillschweigend beobachtet hat und keinerlei Anstalten machte zu intervenieren. Entweder war sie in einem Tagtraum versunken, von ätherischen Ölen des letzten Aufgusses vollkommen benebelt oder vom Selbstverständnis meines grotesken Schauspiels derart beeindruckt, dass sie sich nicht traute, irgendwas an dem Vorgang zu korrigieren. Wie sich dann noch herausstellte, sprach die ältere Dame – sie muss um die fünfundsiebzig gewesen sein – kaum ein Wort Deutsch, sondern flüsterte mir irgendwas Unverständliches auf Russisch zu. Während ich mich mit Händen und Füßen entschuldigte, lächelte die Frau mich an, zog den Stummel aus der Dose und schnippte ihn ins Gebüsch. Dann nahm sie ihren Finger, tunkte ihn in die Creme, rührte sanft darin herum und murmelte: »Is' gut!«

Und als wäre die Geschichte bis hierhin nicht schon sonderbar genug, folgte die Dame mir für den gesamten Rest des Abends auf Schritt und Tritt und warf mir in diversen Saunen und Dampfbädern anrüchige, laszive Blicke zu. Anscheinend muss sie das gesamte Aloe-vera-Aschenbecher-Szenario für einen unbeholfenen Flirtversuch meinerseits gehalten und eine Stimme in ihrem Kopf ihr zugeflüstert haben: »Dieser junge Mann wollte bloß deine Aufmerksamkeit. Und er wusste sich wohl nicht anders zu helfen, als dir in die Hautcreme zu aschen, du sexy Biene. Schnapp ihn dir!«

Tja, was soll ich sagen? Das ist nun einige Wochen her. Wir hatten eine leidenschaftliche Zeit, aber inzwischen habe ich sie an Norbert verkuppelt. Die beiden sind ein süßes Paar! Liebes Dankbarkeitstagebuch, das war wieder eine ganz schön aufregende Woche. Vorerst brauche ich ein wenig Abstand, aber wir hören voneinander. Tschüss!

DIE EVOLUTION VON INSTAGRAM

Instagram vor acht Jahren: »Hey, Leute! Bin gerade am Beach. Hier ein Foto von meinem geilen Body.«

Instagram vor vier Jahren: »Hey, Leute! Bin gerade am Beach. Wart ihr auch schon mal im Urlaub? Was ist euer Sehnsuchtsort? Habt ihr noch Träume? Hier ein Foto von meinem geilen Body.«

Instagram heute: »Hey, Leute! Es fällt mir schwer, dieses Bild zu posten. Für mich ist das ein intimer und persönlicher Moment, den ich außer mit euch mir völlig unbekannten Süßmäusen ungern öffentlich teilen würde. Außerdem bin ich mir meiner Privilegien durchaus bewusst und habe nur den Hauch einer Vorstellung davon, wie es sein muss, in armen Verhältnissen zu leben und nicht jedes zweite Wochenende nach Bali fliegen zu können. In Zeiten der globalen Klimakrise ist eine solche Fernreise ohnehin bedenklich, aber um meinen ökologischen Fußabdruck auszugleichen, bin ich bis zum Flughafen Hannover mit dem Rhönrad gefahren und habe am Autobahnkreuz Schlunzental an der Flöhz einen Baum gepflanzt. Ist zwar zu spät, aber Triggerwarnung – dieses Foto könnte Menschen verletzen, die auch einen Körper haben. Dies ist mein erstes Foto, auf denen man Nuancen von Dehnungsstreifen erahnen kann. #streifenhörnchenliebe! Habe mich lange zu diesem aufwendig inszenierten Schnappschuss überwinden müssen, denn die Schwangerschaft hat mir deutlich zugesetzt. Diese Augenringe! Im Hintergrund seht ihr meinen kleinen Wurm. Eigentlich möchte ich keine Kinderbilder ins Internet stellen, aber dieses hier fand ich ästhetisch. Matze ist jetzt Teil von meinem Leben, und ich möchte mich hier zeigen, wie ich bin: authentisch, echt, ungefiltert und Freund von Synonymen. Im Link in der Bio findet ihr ein willkürliches Drecksprodukt. Fünf Prozent der Einnahmen fließen in meine nachhaltige Stiftung, die sich für die Entstigmatisierung von stillenden Müttern im Hambacher Forst und den Ausbau der veganen Schusswaffenindustrie einsetzt. *Le reste est pour moi!* Wie sagte schon Fynn Kliemann: ›Geld? Ja, warum denn auch nicht?‹ Zum Schluss noch ein sinnstiftendes Zitat, das nichts mit dem Foto zu tun hat, aber euch ein wenig empowern soll. Denn das ist meine Message: Girls, ihr alle seid schön, wie ihr seid. Perfekt unperfekt! PS: Hier ein Foto von meinem geilen Body.«

ENDLICH INFLUENCER!

Eine schöne Anekdote: Den Text *Die Evolution von Instagram* habe ich vor einiger Zeit bereits auf Facebook veröffentlicht, und kurz darauf schrieb mir jemand eine Nachricht, dass er meinen Beitrag über die Entwicklungen von gewissen persönlichen Posts auf Instagram als abwertend und verletzend empfunden habe. Jeder würde seine eigenen Kämpfe führen, und je nach persönlicher Geschichte würde es eben sehr viel Überwindung kosten, sich von seiner verletzlichen Seite zu zeigen und gewisse Fotos von sich zu veröffentlichen. Allerdings wolle er nun wissen, worum es mir genau gehe, denn er kenne mich nicht und könne dementsprechend meinen Humor nicht genau einschätzen. Vieles finde er trotzdem sehr treffend, und man könne bei solchen Themen auch mal durchaus anderer Meinung sein. Mein erster Gedanke: In welchem Paralleluniversum bin ich gelandet? Ist das noch mein altes Facebook? Handelt es sich hier um diese viel zitierte »konstruktive Kritik«? Sucht hier jemand aufrichtig den Dialog? Möchte er am Ende wirklich mit mir reden? Wie gehe ich damit um? Ich bin vollkommen überfordert. Ich schrieb ihm dann, dass ich es grundsätzlich wertschätze, wenn Menschen sich in den sozialen Medien für privat- und gesellschaftspolitische Themen engagieren und gegenseitig »empowern«. Für die eigene Identitätsfindung ist es mehr als großartig, wenn Themen wie Leistungsdruck, Selbstzweifel, Schönheitsideale oder Rollenbilder hinterfragt werden, und besonders aus persönlichen Gründen kann ich es nur begrüßen, wenn Menschen auf eine ehrliche Art offen über ihre mentale Gesundheit sprechen, wenn es am Ende zu persönlichem Erfahrungsaustausch und der Entstigmatisierung psychischer Krankheiten beiträgt. Und dass es eben nicht meine Absicht gewesen ist, diese Entwicklung anzuprangern. Was ich allerdings abgrundtief verachte, ist diese alberne Durchpsychologisierung von Werbung. Zwar ist es keine Offenbarung, dass Reklame seit jeher mit Emotionalisierung arbeitet, aber dieses pseudoauthentische Emotionsmarketing, bei dem die Menschen in endlos langen Pamphleten über modernen Feminismus, Selfcare, Mental Health und die Verarbeitung persönlicher Traumata schwadronieren, um mir am Ende Duschgel, die Hello-Fresh-Box oder ein verkacktes Hanföl zu verkaufen, widert mich zutiefst an. All das schrieb ich diesem Herrn, wenn auch nicht ganz so ausführlich, und bedankte mich abschließend für sein Feedback. Daraufhin antwortete er vorhin: »Oh, rückblickend betrachtet ergibt es für mich Sinn. Vielen Dank für die Antwort und ganz liebe Grüße.« Verrückte Zeiten im Internet.

Als wäre das nicht schon verwirrend genug, erreichte mich einen Tag später folgende Kooperationsanfrage. Und sosehr ich auch über die Symbiose von Kunst und Werbung geschimpft haben mag, bin ich nun endgültig davor, einzuknicken. Ich zitiere:
»Lieber Patrick, mein Name ist Pauline von der Marke phinx. Wir sind bekannt für größeninklusive Periodenunterwäsche und geschlechtsneutrale Modelle. Deine Posts passen zu unseren Werten der Körperakzeptanz, Unabhängigkeit und Selbstliebe. Wir sind der festen Überzeugung, dass ein Beitrag zur Enttabuisierung des Themas Periode von nicht menstruierenden Menschen genauso viel Einfluss haben kann wie der von menstruierenden. Deswegen glauben wir, dass eine Kooperation für beide Seiten vorteilhaft sein wird. Mit vielen Influencern aus den Bereichen Body Positivity, Selbstliebe, Empowerment, Feminismus und Veganismus sind wir bereits in einer Kooperation. Wir würden uns freuen, dich auch dabeizuhaben. Wir wünschen uns eine Instagram-Story und einen Post und freuen uns sehr auf deinen Preis und deine Insights.«

Hier meine Antwort:

Hallo Pauline, vielen Dank für deine Anfrage. Der Name Patrick Salmen steht seit Jahren für absolutes Empowerment. Im Prinzip bin ich eine Symbiose aus Sophia Thiel und Cathy Hummels. Neben Selfcare und bedingungsloser Lebensbejahung verstehe ich primär das Nischenthema *Enttabuisierung der Periodenblutung* als meinen persönlichen Markenkern. Für meine innere Powerfrau eine Selbstverständlichkeit, und nicht umsonst heißt mein nächstes Buch *Enttabuisierung der Periodenblutung? Ich sage Ja!*. Sperriger Titel, aber die Agenda wird klar. Du rennst also offene Türen ein.
Im Ernst: Obwohl manchmal der kleine Zyniker in mir durchsickert, bin ich inhaltlich ganz bei euch. Wichtiges Thema! Da bedarf es noch viel gesellschaftlicher Entwicklung. Wobei ich eigentlich dachte, das Problem wäre mit Erfindung dieser dubiosen Pinky-Gloves-Handschuhe aus der Welt geschaffen. Doch da liege ich wohl einem Irrtum auf.
Reicht es denn, wenn ich mich zunächst inhaltlich mit dem Thema auseinandersetze, oder muss ich aus Solidarität direkt Werbung für einen mir völlig unbekannten Konzern machen? Nacktbilder wären mir jetzt zu schlüpfrig und würden meine Fans unnötig verwirren, aber mir schweben durchaus anderweitige Darstellungsformen vor, und ich könnte meinem nächsten Buch eine kleine Unterhose beilegen. Quasi als sehr sperriges Lesezeichen. Auch mein Merchandise-Sortiment könnte ich mit periodenenttabuisierender Unterwäsche ergänzen. Jutebeutel und T-Shirts hat ja eh jeder, und Patrick-Salmen-Garagentorsysteme wären mir für den Büchertisch ohnehin zu sperrig. Vielleicht könnten wir eine gemeinsame Höschen-Kollektion auf den Markt bringen, und da könnte ich mir mein bärtiges Antlitz durchaus als Aufdruck vorstellen.
Preislich hätte ich an fünfzigtausend Euro gedacht, denn auch mein Empowerment möchte monetär empowert werden. Zudem würde

ich mich über zwei Rezensionsexemplare der feschen Unterbuchsen freuen. Auch ein Kennenlernen mit der Botschafterin für Selbstliebe und Body Positivity würde ich in Erwägung ziehen. Zu meinem eigenen Körper habe ich ein eher neutrales Verhältnis. Oft blicke ich in den Spiegel wie auf ein modernes Kunstgemälde und denke: Schön ist das nicht. Das hätte ich selbst besser hinbekommen. Meine Form von »Selbstliebe« ist also eher so eine flüchtige Bekanntschaft, aber das ist vollkommen okay.
Ein Freund schrieb mir mal, dass es im Leben darum gehe, auf möglichst unenthusiastische Weise grundsätzlich mit der Person einverstanden zu sein, die man ist. Find ich gut. Insights folgen. Muss ich erst googeln. Intime Geständnisse? Morgenurin? Was genau wollt ihr von mir?

Es grüßt enttabuisierend und hochachtungsvoll
Dein Power-Paddel

CREMIGE DIALOGE IM CAFÉ III

1

Ein Café in Münster, Gespräch am Nebentisch

Sie: »Schau mal, die haben hier Zoodles! Das sind Nudeln aus Zucchinis. Hab ich neulich schon mal bei Friederike gegessen.«

Er: »Ist nicht Zucchini bereits der Plural? Zwei Zucchini, ein Zucchino?«

Sie: »Keine Ahnung!«

Er: »Obacht, Fun Fact! Wusstest du, dass die Zucchini zu den Kürbisgewächsen gehören?«

Sie: »Für einen Fun Fact gar nicht mal so funny. Wie wäre es mit: Pro Sekunde sterben im Durchschnitt zwei Menschen!?«

Er: »Das wiederum würde ich als Sad Fact bezeichnen. Ich hatte mal ein Buch über Fun Facts. Konnte ich damals fast auswendig.«

Sie: »Hm.«

Er: »Anstatt LOL sagt man in Frankreich MDR für *mort de rire*. In Frankreich ist es gesetzlich verboten, ein Schwein ›Napoleon‹ zu nennen. Emus und Kängurus sind die Wappentiere von Australien, weil sie nicht rückwärtslaufen können. Seeotter halten während des Schlafens Händchen, damit sie nicht voneinander wegtreiben. Pinguine können zwei Meter hoch springen. Der Weltrekord in *Die meisten Unterhosen gleichzeitig tragen* liegt bei dreihundertzwei.«

Sie: »Fun pur!«

Er: »Ich glaub, ich probiere auch mal die Zoodles!«

Sie: »Man sollte meinen, das wäre ein Kofferwort. Allerdings hat der Erfinder der Zoodles damals alles überkochen lassen, und dementsprechend war dann der ganze Boden besudelt. Daher der Name!«

Er: »Echt? Krass!«

Sie: »Das hab ich mir ausgedacht, du räudiger Hund!«

Er: »Die Hundenase ist so einzigartig wie ein menschlicher Fingerabdruck.«

Sie: »Ach, halt's Maul!«

2

Ein Café in Dortmund, Gespräch am Nebentisch

Frau: »Valentin und ich haben uns am Wochenende getrennt. War eine schöne Zeit, aber am Ende hat es einfach nicht gepasst. Manchmal haben wir uns gegenseitig nur noch runtergezogen.«

Ihr Kumpel: »Toxische Beziehung vermutlich.«

Ich (ein aufmerksamer Sprachkritiker): »Wenn ich mich hier mal einmischen dürfte … Ja, es gibt toxische Menschen. Ja, es gibt toxisches Verhalten. Und ja, es gibt so viele toxische Beziehungen da draußen und es muss die Hölle auf Erden sein, mit einem Menschen zusammenzuleben, der einen nachweislich körperlich und seelisch zerstört, von dem man aber einfach nicht loskommt. Aber wo kommen wir denn hin, wenn wir das Wort ›toxisch‹ jetzt als Synonym für ›gefällt mir nicht‹ oder ›doof gelaufen‹ verwenden?«

Typ: »Guter Mann, wer sind Sie?«

Ich: »Ich kann es einfach nicht mehr hören. Beziehung geht in die Brüche, weil man sich nichts mehr zu sagen hat? Toxisch! Nach dem zweiten Tinder-Date auseinandergelebt? Toxisch! Roher Staudensellerie schmeckt mir nicht? Toxisch!«

Typ: »Bitte lassen Sie uns in Ruhe!«

Ich: »Es gibt so viele Wörter und Begrifflichkeiten, die durch ihre inflationäre Verwendung entwertet werden. Jeder Mensch unter dreißig, dessen moralische Kompassnadel noch nicht komplett verbogen ist, ist ›woke‹. Jedwedes Gefühl von Melancholie oder schlechter Laune wegen anhaltenden Nieselregens ist eine ›depressive Stimmung‹. Und jeder halbwegs gescheite Mensch, der mal am Wochenende sein Handy auslässt, macht eine ›achtsame Sinnesreise in sich selbst‹.«

Typ: »Jetzt beruhigen Sie …«

Ich: »Alle Menschen, die an einem Sonntag mal zwei gleiche Socken anziehen, sind ›perfektionistisch‹, Menschen, die nachschauen, ob sie überhaupt Socken anhaben, sind ›neurotisch‹, und alle Menschen mit bunten Motivsocken sind ›einzigartig‹ und ›supercrazy‹.«

Typ: »Man kann es auch übertreiben. Sie klingen wie Bastian Sick!«

Ich: »Entschuldigung.«

Frau: »Aber recht hat der Mann! Toxisch war das mit Valentin wirklich nicht.«

Ich: »So!«

Frau (zu mir): »Belastend sind Sie trotzdem.«

TIERFREIER NICHTRAUCHERHAUSHALT

Eine schöne Möglichkeit, auf subtile Art neue Menschen im Internet kennenzulernen, ist eBay Kleinanzeigen. Da kommt man endlich mal raus aus seiner eigenen Bubble. Bloß manchmal ein bisschen zu weit. Sollte sich jemand fragen, was genau eine Filterblase ist – ein Beispiel: Ich habe einmal einen gebrauchten Schreibtisch auf besagtem Anzeigenportal verkauft. Dann habe ich dem Herrn meine Adresse geschickt mit dem Hinweis: »Bei Salmen schellen! Zweite Klingel von oben!« Und daraufhin schrieb er mir: »Es gibt Häuser mit MEHREREN Klingeln?« Nun, anscheinend hat der gute Mann jahrelang in einer Sylter Reetdachsiedlung gelebt. Da wirkt so ein Vierfamilienhaus im gehobenen Dortmunder Westen natürlich prekär. Fest steht: Im Internet sind sehr seltsame Gestalten unterwegs. Neulich inserierte ich ein Babybett. Irgendwann ereignete sich folgender Dialog:

Herr L.: »Schönes Bett! Könnte ich es morgen abholen?«
Ich: »Klar. Kann es gern bis morgen reservieren.«
Herr L.: »Haben Sie denn Haustiere?«
Ich: »Nein, keine Haustiere. Das Baby hat ebenfalls nicht sonderlich gehaart.«
Herr L.: »Sind Sie ein Nichtraucherhaushalt?«
Ich: »Nein, ich bin ein Mann. Und ich rauche stets draußen auf dem Balkon. Aus Gründen der Kulanz und Nächstenliebe habe ich im Kinderzimmer darauf verzichtet.«
Herr L.: »Sie haben in der Wohnung also nie geraucht?«
Ich: »Natürlich nicht.«
Herr L.: »Dann möchte ich das Bett nicht.«

Nun, ich bin verwirrt und habe Fragen. Am Ende steckt ja hinter allem eine Geschichte. Habe jetzt lange überlegt, und am Ende bleiben eigentlich nur drei Optionen …

1

Das Baby des Mannes ist starker Kettenraucher. Als strenge Verfechter einer lockeren *Laissez faire*-Erziehung plädieren die Eltern hier an die Eigenverantwortung des Kindes und üben sich in Akzeptanz. In den Achtzigern wurde die heimische Familienkutsche ja ebenfalls vollgequalmt und an 'nem soliden Sonntag hat man durchaus mal locker-flockig in den Kinderwagen geascht. Und das hat am Ende schließlich auch niemandem geschadet. Als treue Abonnenten des Eltern-Magazins *Babygesundheit – Nein danke!* soll nun ein raucherfreundliches Umfeld geschaffen werden, und ein steril riechendes Schlafgemach würde das Baby da bloß unnötig verwirren.

2

Herr L. ist überzeugter Nichtraucher, aber irgendwie fehlt ihm etwas! Nach zahlreichen Lackierungen der heimischen Holzmöbel hat er jetzt endgültig aufgegeben. Nachdem bereits die im Baumarkt erworbenen Farbtöne »Angoraweiß«, »Cremeweiß« und »Eierschalenweiß« nicht das gewünschte Ergebnis lieferten, verfehlte auch die aufwendig gemischte Eigenkreation »Perlweiß-Elfenbein-Ockergelb« jedwede Erwartung. Nichts kam an das ausschließlich durch Nikotinschwaden erzeugbare GILB heran. Und so entschied er sich, für jedwede Wohnraumgestaltung ausschließlich gebrauchte Möbel aus Raucherhaushalten zu erwerben. Denn GILB ist eben nicht nur eine Farbe, sondern eine Lebenseinstellung.

3

Es handelt sich um einen klassischen »Troll«, der mir meine wertvolle Zeit stiehlt, weil er auf einer dieser Internetseiten mit offensichtlich gefälschten Screenshots von halblustigen Gesprächsverläufen auf eBay Kleinanzeigen landen will. Nun ist er wahrscheinlich bitterlich enttäuscht, weil es am Ende bloß für eine kurze Erwähnung im Buch eines semibekannten und abgehalfterten Berufszynikers gereicht hat. Schade ist es allemal.

ELTERNSPRECHTAG

19:00 Uhr:

Wir sitzen auf viel zu kleinen Stühlen im Klassenzimmer der 1a. Linoleumboden, helle Furnierholztische mit bunten Stühlen und von der Decke baumelt ein faustgroßes Pappmaschee-Mobile in regelmäßigen Abständen in mein Gesicht. Alles hier riecht nach Wachsmalern, geplatzten Träumen und Kinderturnschläppchen. Die selbst gemalten Bilder an den Wänden sind abgrundtief hässlich und asymmetrisch. Wäre ich Lehrer, ich würde hier umgehend alles abreißen und an das Konzept Minimalismus appellieren. So ein Klassenzimmer wirkt furchtbar beklemmend. Warum kann so ein Elternabend nicht im Phantasialand stattfinden? Kinder treffen sich zum Spielen doch auch nicht in einem trostlosen Bürogebäude, um gemeinsam in hochgekrempelten Cityhemden die Einkommensteuer zu erledigen.

19:05 Uhr:

Aus mir unerfindlichen Gründen wurde ich soeben einstimmig zum Protokollführer ernannt. Vermutlich weil sich sonst niemand gemeldet hat. Ehrlich gesagt suche ich auch nur einen Vorwand, um halbwegs beschäftigt auszusehen. Das Protokoll können sich alle Beteiligten später zur Einsicht vom Server laden, deswegen habe ich mir vorgenommen, hier ein paar verwirrende Gerüchte und gezielte Fehlinformationen zu streuen.

19:12 Uhr:
Die Sause beginnt. Schon jetzt bin ich enttäuscht, hatte ich mir doch zumindest Lachshäppchen und einen kleinen Begrüßungsschnaps erhofft. Anwesend sind verschiedene Menschen. Einige fehlen. Genaueres kann ich auch nicht sagen, denn ich kenne diese Leute nicht. Frage mich jedoch, ob dass alles wirkliche Eltern sind oder ob sich hier einfach willkürliche Passanten mit sehr verstörenden Hobbys reingeschmuggelt haben. Einfach mal in der Freizeit fremde Elternabende besuchen, um mal wieder unter Leute zu kommen. Vielleicht haben sie auch einen *Jochen Schweizer*-Erlebnis-Gutschein. Ich kenne hier jedenfalls niemanden mit Namen, deswegen denke ich sie mir einfach aus. Die meisten hier heißen Birte oder Kathrin. Die Frauenquote liegt bei soliden fünfundachtzig Prozent, und das, obwohl ich im ach so progressiven Akademikerviertel wohne. Außer mir sind bloß zwei andere Väter anwesend. Einer der beiden sitzt neben mir, trägt Rollkragenpullover mit Sakko, wirkt tierisch gehetzt und tippt permanent auf seinem Handy herum. Ein Blick auf sein Display verrät mir, dass er irgendwas für die Arbeit erledigt. Bestimmt einer dieser Typen, die sich dann vor ihren Freunden wieder als Vorzeigefeminist inszenieren, weil sie ihren Frauen wichtigen Mental Load abnehmen, indem sie zweimal im Jahr zum Elternabend gehen. Seine Gattin sitzt derweil mit zwei Babys zu Hause und denkt: Ach, dieser tapfere Kämpfer! Ohne ihn wäre ich echt aufgeschmissen!
Der andere Vater sieht aus wie ein menschgewordenes Gin-Tasting, also im Grunde genauso wie ich und somit wie jemand, der sich aus dekorativen Gründen ein mintgrünes Vintage-Rennrad an die vier Meter hohen Wände seiner Altbauwohnung gehängt hat und jetzt niemals damit fahren kann, weil eine Leiter nicht zu seiner spartanischen Bauhaus-Einrichtung passen würde. Fragwürdiger Typ. Meine Meinung!

19:13 Uhr:
Wichtige Information an alle Eltern: Am ersten Schultag nach Ostern findet der erste Schulausflug statt. Die gesamte 1a gedenkt sich die Spätvorstellung *La Bohème* von Giacomo Puccini im Dortmunder Opernhaus anzuschauen. Treffpunkt 23 Uhr am Dortmunder Hauptbahnhof. Bitte vergessen Sie nicht, Ihr Kind mit Cordsakko, siebzig Euro in kleinen Scheinen und einem Monokel auszustatten.

19:15 Uhr:
Nach einem kurzen Impulsvortrag zur allgemeinen Situation und Lernatmosphäre beginnt auch schon die offene Fragerunde: Birte Nr. 17 fragt, ob die Schule endlich angemessene Parkplätze für Lastenräder nachrüsten könnte, damit ihr kleiner Fiete-Leander nicht immer so weit laufen müsse. Ich hasse sie jetzt schon. Und damit bin ich anscheinend nicht der Einzige, denn eine andere Mutter steht auf und zieht ihr umgehend einen senfgelben Fjällräven-Rucksack durchs Gesicht. Das stimmt zwar nicht, liest sich hier aber ganz nett. Wer hat eigentlich Lastenräder erfunden? *Hey, lass uns doch sämtliche Nachteile von Autos mit sämtlichen Nachteilen von Fahrrädern vereinen! Langsam und klobig in nur einem Gerät? Toll!* Lastenräder sind die Barfußschuhe des Straßenverkehrs. Und ja, ich verstehe den ökologischen und nachhaltigen Aspekt, aber bevor ich meine Würde an den Nagel hänge und mit so einem holzverkleideten Babboe-Schlitten zwei Kisten Wasser und 'nen destruktiven Sechsjährigen durch die Gegend kutschiere, würde ich diesen Planeten eigenhändig in die Luft jagen. Klimaschutz schön und gut, aber am Ende hat es auch etwas mit Stolz zu tun.

19:17 Uhr:

Erneut eine wichtige Information an alle Eltern: Bitte vergessen Sie sonntags nicht, regelmäßig das Federmäppchen zu kontrollieren, die Stifte anzuspitzen und Ihrem Kind eine kommentierte Erstausgabe von *Der kleine Maulwurf, der wissen wollte, wer ihm auf den Kopf gemacht hat* zu besorgen. Wichtig wäre hier allerdings die französische Faksimile-Fassung: *De la petite taupe qui voulait savoir qui lui avait fait sur la tête.*

19:20 Uhr:

Ein Vater fragt, ob man nicht gemeinsam einen Elternstammtisch organisieren wolle, und blickt fragend in die Runde. Ich denke nach und komme zu folgendem Ergebnis: Nein! Wenn ich irgendjemanden in meiner Freizeit nicht sehen möchte, dann sind es andere Eltern. Niemand reagiert auf seinen Vorschlag, was ich als durchaus positiv bewerte. Müsse ja gar nicht häufig sein, schiebt er nach. Alle zwei Wochen vielleicht. Einfach damit man sich untereinander besser kennenlernen könne. Er schlägt umgehend einen Termin und eine Kneipe vor, sieht sich um, und Birte Nr. 17 fragt sofort, ob es da denn einen Parkplatz für ihr Lastenrad gebe.
»Halt doch die Fresse mit deinem beschissenen Lastenfahrrad!«, brüllt ein gewisser Patrick Salmen und erntet stürmenden Beifall. Das hab ich mir zwar bloß ausgedacht, aber die Stimmung kocht.

19:25 Uhr:

Seit ich hier bin, fühle ich mich unfassbar alt. Außer mir sind hier nur so richtige Erwachsene, die aussehen, als hätten sie Ottolenghi-Kochbücher zu Hause und würden häufig das Wort *umami* benutzen, während ich noch mit meinem alten Sandwichtoaster hantiere und in meiner Freizeit Mario Kart spiele. Gefühlt habe ich mich erst gestern noch auf einem 24-Stunden-Rave mit fragwürdigen Substanzen zugedröhnt, und jetzt sitze ich hier mit umsorgten Mittvierzigern und diskutiere über die Anschaffung von Kakaokisten und genoppten Linkshänder-Schreibmatten. Ich hasse mein Leben!

19:30 Uhr:
Eine Mutter (Birte Nr. 7) möchte endlich den sogenannten Mobbing-Skandal thematisieren. Sie hätte dazu bereits in der WhatsApp-Gruppe etwas gesagt, aber da könne man doch nun endlich mal gemeinsam in den Dialog treten.
»Apropos WhatsApp-Gruppe«, hakt eine andere Mutter ein. Das sei doch so eine schöne Sache, aber ein gewisser Patrick Salmen hätte diese Gruppe schon nach drei Tagen wieder verlassen. Ob es dafür denn einen konkreten Grund geben würde?
»Lebensfreude«, antworte ich. »Noch einen Tag in diesem Gruppenchat, und ich hätte mir lachend die Pulsadern aufgeritzt. Aber was Konkretes jetzt nicht.«
»Was ist denn nun mit dem Mobbing?«, ruft die andere Mutter. »Mein Sohn wurde geschubst und mit veganen Ersatzstreichwurstbrötchen beworfen.«
»Das ist kein Mobbing, das ist Evolution!«, ruft der dubiose Rollkragen-Mann.
Vielleicht ist er doch ganz sympathisch, denke ich. Endlich blühen die Leute hier auf.
Birte Nr. 12 ruft: »Können wir bitte aufhören, körperliche Gewalt, spezifisch das Werfen mit veganen Ersatzstreichwurstbrötchen, zu normalisieren! Diese toxische Ignoranz triggert mich.«
Halt's Maul!, denke ich. Das sind hier schon keine Helikoptereltern mehr. Das sind Propellerhut-Eltern. Sie sitzen direkt auf den Köpfen und flattern fröhlich im Wind.

19:45 Uhr:
Aufgrund der anstehenden Karnevalszeit und der entsprechenden Kostümauswahl folgen Diskussionen über kulturelle Aneignung und allgemeine Diskriminierung von Minderheiten. Ich begrüße die zunehmende Sensibilisierung, aber es ist eine ermüdende Debatte, deren Kernproblem folgendes ist: In dieser biodeutschen Runde ist niemand der angeeigneten oder diskriminierten Minderheiten anwesend. Nach etwa dreißig Minuten und einigen hitzigen Diskussionen einigt man sich darauf, dass sich die Kinder einfach als gewöhnliche Industriekaufleute verkleiden.

20:15 Uhr:
Endlich geht's um die Kakaokisten. Auch hier wieder eine hitzige Diskussion hinsichtlich Tierschutz und Laktoseintoleranz. Birte Nr. 4 erklärt sich schließlich bereit, jeden Montag ein paar gemischte Kisten Mandel- und Erbsenmilch beim Biomarkt zu besorgen. Geschmacksrichtung neutral. Der Klassenkassenbeitrag wird einstimmig um dreihundert Prozent erhöht. Das Thema Ernährung scheint nun ein großes Fass aufzumachen. Jetzt folgt der Tupperdosen-Skandal. Birte Nr. 12, die sich zu meiner Verwunderung als Frieda vorstellt, sei zu Ohren gekommen, dass hier manche Kinder einfach Laugenstangen oder überbackene Käsebrötchen in Bäckertüten mitbekommen. Von Müsliriegeln und Milchschnitten mal abgesehen! Dies wiederum würde bei ihrer Tochter Hanna zu Sozial- und Futterneid führen. Sie gebe sich jeden Morgen so viel Mühe, frisches Sauerteigbrot zu backen und liebevoll kleine Radieschen- und Sellerie-Männchen zu schnitzen, da wäre das doch einfach schade. Sie wolle hier niemanden judgen, aber müsse das Thema dann doch einfach mal ansprechen!
»Halt's Maul!«, ruft Ute.
Ich bin jetzt schon ihr größter Fan!

»Es gibt Menschen, die müssen arbeiten und können ihren Kindern nicht jeden Morgen köstlich-kecke Kresse-Kräcker kredenzen.«
Ich mag Utes Faible für alliterative Zungenbrecher. Birte Nr. 12 wirkt sichtlich geschockt.
»Wie gesagt, es geht hier nicht ums Judgen«, sagt sie erneut. Sie würde immerhin auch arbeiten, denn sie hätte einen Mütter-Blog, und da müsse sie regelmäßig Content abliefern, damit die Kooperationspartner nicht abspringen. Da könne sie sich bei ihren Partnern übrigens auch gern mal nach einem Lastenfahrradständer erkundigen. Anerkennung heischend sieht sie zu Birte Nr. 17 und winkt ihr zu.
»Wenn ich noch einmal das Wort Lastenfahrrad höre, kauf ich mir 'nen SUV und fahr eure Kinder platt!«, ruft Ute, die nun langsam zu Höchstform aufläuft.
So langsam gefällt mir die Veranstaltung, denke ich und frage nach, ob wir nicht vielleicht doch diesen Elternstammtisch machen könnten.

20:30 Uhr:
Die Lehrerin kommt hier auch endlich mal wieder zu Wort, und ich bekomme einen Rüffel, weil ich letzte Woche im Rahmen der Eltern-Vorlesewoche vor einer Gruppe verwirrter Erstklässler morbide Säufergedichte von Charles Bukowski rezitiert habe. Nächstes Thema: Bastelspenden und Materialgeld. Da die Kinder gerade den Buchstaben R lernen würden, wolle sie mit den Kindern kleine Raketen basteln, und da wäre es schön, wenn man wieder Küchenrollenpappe mitbringen könne. Eine Mutter wirft ein, dass das Thema Raketen besonders in Zeiten der Ukraine-Krise ziemlich unangemessen sei, und blickt fragend in die Runde. Na klar, denke ich, berechtigte Kritik. So fängt es an, und irgendwann lernen sie das N und basteln nukleare Sprengkörper. Ein Vater fragt, ob er das Mate-

rialgeld auch mit PayPal bezahlen könne. Er spricht PayPal etwas zu gekonnt und korrekt aus, und ich halte ihn umgehend für ein arrogantes Arschloch. Die Lehrerin verneint seine Frage und verweist auf das Prinzip Barzahlung. Kann ich verstehen, denn wäre ich Lehrer, würde ich mir immer irgendwelche Bastelprojekte und Ausflüge ausdenken und die Unsummen an eingesammeltem Münzgeld privat verprassen. Verdient hätten sie es alle, denn allein für den täglichen Kontakt zu den ganzen Eltern haben Lehrerinnen und Lehrer Unsummen an Schmerzensgeld verdient.

20:45 Uhr:
Langsam herrscht hier Aufbruchstimmung, und ich höre die ersten Reißverschlüsse zugehen.
Die Lehrerin nickt. »Gibt es noch Fragen?«
Eine Mutter fordert transparente Einsicht ins Curriculum, genauer gesagt in den didaktischen Leitfaden hinsichtlich der Schreib- und Leseförderung. Das kann hier noch ein langer Abend werden, denke ich. Ich habe nicht umsonst sämtliche Lehrerinnen und Lehrer aus meinem Freundeskreis verbannt, nur um mir jetzt in meiner kostbaren Freizeit das Wort *Curriculum* anzuhören. Transparenz am Arsch, denke ich. Nennen Sie mich naiv, aber ich halte es hier mit dem Prinzip Vertrauen. Das Lehrpersonal wird schon wissen, was es tut. Alles, was ich von einer Schule erwarte, ist, dass meine Kinder um 15 Uhr lebendig nach Hause kommen und spätestens zum Abitur bis zehn zählen, die Uhr lesen und frei aus *Die kleine Raupe Nimmersatt* rezitieren können.

Letzte Information an alle Eltern: Unter dem Motto »Chabos wissen, wo dein Babboe ist« wurde soeben einstimmig eine Lastenrad-Abwrackprämie beschlossen. Für jedes eingesammelte und zu Sperrholz zerschlagene Lastenrad erhält man einen Amazon-Gutschein im

Wert von hundert Euro oder zwei Prozent Rabatt beim Kauf einer mattschwarzen Mercedes G-Klasse. Neuer Elternsprecher ist ein gewisser Ulf Koslowski aus Detmold. Die Kakaokiste wurde einstimmig abgeschafft, stattdessen gibt es jeden Freitag ein gemeinsames Afterwork-Gin-Tasting zum fröhlichen Wochenausklang. Wichtiger Hinweis: Nur fünf Gläser pro Kind! Die WhatsApp-Gruppe wird umgehend abgeschafft. In KW 12 ist laut Curriculum der Buchstabe K geplant. Hierfür wird gemeinsam mit engagierten Eltern ein Kernreaktor gebaut. Dazu bitte Schutzkleidung, alte Joghurtbecher und etwas Uran mitbringen. Elternstammtisch ist ab sofort jeden Dienstag um fünf Uhr morgens auf der Autobahnraststätte Remscheid Ost.

Es grüßt herzlichst
Ihr Protokollführer

PASTELL

»Bist zu klobig du zum Wippen.
Geh stattdessen lieber schippen!«
Platon

Ein milder Sonntag im Februar. Zufrieden sitze ich auf der Bank vom Spielplatz und beaufsichtige meine Kinder. Mit *beaufsichtigen* meine ich – ich lese ein Buch, döse in der Sonne und verfalle gelegentlich in einen dämmrig-meditativen Zustand. Kritiker würden sagen: Ich schlafe. Hin und wieder kommen Sauron und Günther angewatschelt, stupsen mich an und verlangen nach Keksen und anderweitigem Knuspergebäck. Ich bin ein schlechter Vater, denke ich, denn um mich herum werden den hübsch frisierten Kindern ausschließlich vorgeschnittene Äpfel und eingetupperte Couscous-Salate gereicht. So weit kommt es noch, dass ich den feinen Herren auf dem Spielplatz nordafrikanische Hartweizengrießgerichte mit frischen Minzeblättern kredenze, während sie mit ihren versifften Matschhosen im nassen Sand sitzen und mit der Schippe hantieren! Diese Leute gehören eindeutig zur Arbeiterklasse.

Neben mir sitzen zwei junge Mütter. Eine der beiden streicht über ihren deutlich gewölbten Bauch. Ich muss daran denken, wie ich früher immer in Mütterforen abgehangen habe, einfach nur, um dort regelmäßig die Community zu verwirren. Immerhin ging es da um wichtige Fragen wie: »Na, wie nennt ihr euren kleinen Bauchbewohner?« Dann kamen meist Antworten wie: »einfach nur Würmchen«, »mein kleiner Keimling« oder »der Bauchzwerg«. Ich schrieb dann meist so was wie: »Chlodwig«, »der Ungeschlüpfte«, »Embryonen-Erich« oder »Föten-Fred«. Mein kleiner Keimling!? Ich werde heute noch wütend. Warum nicht gleich Schlüpfschlumpf oder Geburtsgnom? Das sind meist dieselben Leute, die ihre Teenager dann später »mein Pubertier« nennen. Diesen Menschen sollte man allesamt das Sorgerecht entziehen. Wenn man mich mit vierzehn Pubertier genannt hätte, hätte ich umgehend das Haus abgefackelt.

Die Eltern hier auf dem Spielplatz sehen gefühlt alle gleich aus: senfgelbe Fjällräven-Rucksäcke, Lagenlook-Outfits, Funktionsjacken und über die Leggings gezogene Wollsocken. Ich selbst trage einen seidenen Morgenmantel von Gucci. Einfach, um zu provozieren. Irgendwie ist es ja höchst seltsam, dass Eltern ihre Kinder auf Spielplätze begleiten. Ich nehme meine Kinder ja auch nicht mit auf die Arbeit, damit sie auf meiner Lesetour im Backstage-Bereich abhängen und den Crémant wegschlürfen. Eigentlich sollte man die Kinder einfach auf den Spielplätzen abstellen, großflächig ein paar Tupperdosen mit Snacks verteilen, sich verabschieden und die Kleinen vier Stunden später wieder abholen. Klar, die Kinder könnten sich verletzen oder entführt werden, aber am Ende muss man sagen: Sky is the limit! Ich habe eh nie verstanden, warum man Kinder entführen sollte. Wenn ich mich hier so umschaue – also ich würde so was ungern zu Hause haben.

Ein paar Meter weiter tobt ein Vater mit seinem Sohn auf dem Klettergerüst herum. Lachend rennen sie über die Hängebrücke eines riesigen Piratenschiffes, und man weiß nicht, wer von beiden mehr Freude empfindet. Eine wilde Verfolgungsjagd! Nun seilt der Mann sich ab, nur um anschließend am Rumpf des Holzkahns wieder hochzuklettern, erneut über die Brücke zu wetzen und anschließend feixend runterzurutschen. Das Prozedere haben sie jetzt etwa fünfzig Mal wiederholt, und das Kind hat den Spaß seines Lebens. Irgendwie lobe ich mir den Einsatz dieses Vaters und bin ob der ausdauernden Physis ein wenig neidisch, aber am Ende hat es etwas Klägliches, wie da ein erwachsener Mann würdelos in seinem gebügelten Cityhemd auf einem Holzpiratenschiff herumeiert. Diese Aktivväter machen mich wahnsinnig. Bestimmt heißt er Ulrich. Aktivväter heißen immer Ulrich. Mein Grundgefühl changiert zwischen Bewunderung und Verachtung. Meine eigene Passivität versuche ich mir damit schönzureden, dass ich meinen Sohn durch beharrliches Nichtstun zur Interaktion mit anderen Kindern animiere. Und da sind ja mitunter nette Leute dabei!

Ein bisschen mehr Einsatz könnte ich schon zeigen, aber immerhin habe ich die Familie neulich beim Turnverein angemeldet und gehe nun mit dem kleinen Günther regelmäßig zu den *Windelflitzern*. Der siebenjährige Sohn besucht die Kurse *Sportrabauken* und *Karateknirpse*. Ich würde mich gern zu den Erwachsenen-Kursen aufraffen, habe aber Angst, dass ich bei den *Laufstrolchen* oder den *Pilates-Schlingeln* lande. Das hat auch etwas mit Stolz zu tun. Inzwischen sind wir seit gefühlt zehn Stunden auf diesem Spielplatz. Ich wollte endlich meinen begonnenen Roman zu Ende lesen – ein dicker Wälzer, also habe ich den Kindern erzählt, dass sie, sofern sie im Sand nur tief genug buddeln würden, irgendwann am anderen Ende der Erdkugel, also irgendwo im Südpazifik östlich von Neuseeland, herauskommen würden. Die ersten zwanzig Minuten waren sie noch motiviert, allerdings sind sie recht schnell auf Gestein gestoßen, was zu einem gewissen Verschleiß ihrer Plastikschäufelchen geführt hat. Da ich noch weiterlesen wollte, habe ich an ihre Willenskraft appelliert, und jetzt versuchen sie mit fünf anderen schweißnassen Kindern die Erdkruste zu durchbrechen. Ein klägliches Bild. Zeit habe ich heute durchaus mitgebracht, allerdings müsste ich ihnen spätestens beim Durchbruch des Silikatgesteins noch mal 'ne solide Schicht Sonnencreme auftragen. Und bei 6000 °C weiß ich nicht, ob man mit Lichtschutzfaktor 12 hinkommt.

Neben mir sitzen zwei junge Mütter und führen seltsame Gespräche. Soeben fiel der Satz: »Heute Abend gönn ich mir ein Bad. Dann macht der Ulrich bei Emil die Einschlafbegleitung.« Das ist ja schrecklich, denke ich, denn *Einschlafbegleitung* weckt bei mir eine Assoziation mit dem Wort *Sterbehilfe*. Ich muss mich doch arg wundern, mit welch selbstverständlicher Lockerheit diese liebende Mutter ihrem Kind die letzte Salbung verpasst. Diesen Begriff habe ich in letzter Zeit häufiger aufgeschnappt. Gemeint ist natürlich der bekannte Vorgang *Kinder ins Bett bringen,* aber diese obsolete Redewendung scheint den Prozess der elterlichen Fürsorge zu unterschlagen. Wenn irgendwas nach erzwungener Substantivierung und distanziertem Beamtendeutsch schreit, dann ja wohl die abendliche *Ratz-Eskorte*. Kann mir nicht helfen, aber mich erinnert das Wort *Einschlafbegleitung* an ein Mentoring-Programm für Hospizangestellte oder garstige Psychokiller mit Chloroform-Tüchern. »Uwe, dies ist dein letztes Schlummergeleit!«

Ich sehe mich um. Meine Söhne buddeln noch immer. Habe bis heute nicht verstanden, was an Kinderarbeit moralisch verwerflich sein sollte. Da wird sich ständig über Fachkräftemangel beschwert und auf deutschen Spielplätzen hebt der motivierte Nachwuchs Löcher gigantischen Ausmaßes aus. Dass da noch niemand aus der Industrie gekommen ist? Ich mein, ob die Kleinen jetzt im Kindergarten mit Keramik basteln oder irgendwas Pfiffiges in der Plastikfabrik zusammenlöten, macht doch auch keinen Unterschied. Alles sehr fragwürdig! Um Sauron und Günther hat sich mittlerweile eine riesige Schar von anderen Kindern mit blutigen und aufgeschürften Händen gebildet. Tränen fließen.

Mein Großer scheint inzwischen die Bauaufsicht und Buddelleitung übernommen zu haben und brüllt: »Vorwärts, Leute! Mein Papa hat gesagt, da kommt gleich der Pazifik.«

Na, immerhin beim Grundwasser dürften sie angekommen sein,

denke ich. Um mich herum – wütende Eltern. Die größte Sorge gilt allerdings nicht den blutigen Händen, sondern der verschmutzten Kleidung, denn Style geht hier eindeutig vor Funktion. Meine Söhne stechen ein wenig heraus, weil sie die Einzigen sind, die auf dem Spielplatz keine gedeckten Pastelltöne tragen. Die Couscous-Kinder tragen ausnahmslos matchagrüne Wollpullover und senfgelbe Parka mit abgestimmten Accessoires. Sauron bevorzugt da seinen knallbunt leuchtenden Power-Ranger-Pullover und Günther bewegt sich farblich ebenfalls irgendwo zwischen Neon und Atompilz. Modisch hinken wir eindeutig hinterher.

Erneut ein Gesprächsfetzen: Eine Mutter liest einer anderen Mutter einen Tweet vor. Irgendein konstruierter Dialog von jungen Eltern mit hochbegabten und ach so schlagfertigen Kindern. Es fallen Namen wie »K1« und »K2«. Vielleicht bin ich doch kein so schlechter Vater, denke ich. Immerhin haben meine Kinder vollständige Namen.
Lustige Geschichte: Eines Morgens stand mein Sohn an der Tür und sprach: »Vater, bitte versprich mir, mich niemals K1 zu nennen, wenn du wieder mal ausgedachte und bemüht rührselige Geschichten im Internet schreibst! Ich habe nicht sieben Jahre an einer eigenen Persönlichkeit gearbeitet, nur um am Ende als K1 in einem beschissenen Tweet zu enden.« Das hat er natürlich nicht gesagt. Aber ich stelle mir das immer vor und habe mich bis heute dran gehalten, was primär daran liegt, dass ich nicht bei Twitter bin. K1 heißt hier also weiterhin Sauron. K2 ist ein chinesischer Berg. In diesem Falle Baby Günther.

Plötzlich ein Aufschrei. Sämtliche Kinder kreischen! Ich bin mir nicht sicher, aber ich vermute, sie haben entweder eine Leiche oder den Führerbunker entdeckt. Ich eile herbei. Ulrich und die gesamte biodeutsche Pastellelite strömen ebenfalls zum vermeintlichen Tatort.

Sauron steht freudestrahlend vor einem etwa 1,50 Meter tiefen Loch und brüllt: »DER PAZIFIK!«
Ein anderes Kind brüllt: »GALAKTISCHER GLIBBERSCHLEIM! DAS IST JA EKLIG!«
Und Aktiv-Ulrich wäre nicht Aktiv-Ulrich, wenn er nicht sofort eine neue Challenge wittern würde. Bäuchlings legt er sich in den Sand, krempelt sein Cityhemd hoch und packt tief in das Loch hinein. Ich bin mir sicher: Hätte er einen Karabinerhaken dabei, er würde ihn benutzen. Erneut ein kurzer Aufschrei. Dann sind wir schlauer. Aktiv-Ulrich fördert sichtlich angeekelt einen grünen Sud zutage, der verdächtig nach verwester Minze riecht.
»Da unten sind bestimmt fünf Kilo Couscous-Salat.«
Zufrieden beiße ich in meinen Keks. Vielleicht mache ich doch nicht alles falsch! Günther lächelt.

SPIELPLATZLEGENDEN

1

Dortmund, Spielplatz. Ich sitze gemütlich auf einer Holzbank und lasse mir die Sonne ins Gesicht scheinen. Vertieft in Gedanken und nahezu beseelt von der milden Frühlingbrise, entkorke ich eine Flasche Grauburgunder, als mir einfällt, dass ich hier auf einem Kinderspielplatz bin.

In dem Moment ruft schon ein erzürnter Vater: »Das ist keine Kneipe, du Arschloch!«

»Ey, keine Schimpfwörter! Wir Eltern haben hier eine Vorbildfunktion«, brülle ich zurück und zünde mir aus Gewohnheit eine Zigarette an.

In der Kneipe wäre auch eindeutig bessere Stimmung, denke ich und blicke auf zwei Kinder, die sich gegenseitig mit Sand bewerfen und danach spielerisch das Gesicht zerkratzen. Da musst du eingreifen, befinde ich und blättere meinen inneren Pädagogikratgeber auf. Seite 23: Alternativen statt Verbote!

»Hey, du da«, sage ich. »Hör auf, mit Sand zu werfen.«

»Aber mir ist langweilig«, entgegnet er.

»Kippchen?«, frage ich.

2

Siebenjähriger Sohn: »Ich hasse den Spielplatz.«
Ich: »Warum?«
Er (sichtlich genervt): »Hier sind zu viele Kinder!«

Endlich hat er's verstanden.

3

Dortmund, Spielplatz. Der zweijährige Sohn und ich liegen auf der Wiese und blättern in einem *Peppa Wutz*-Bilderbuch.
Ich lese die Zeilen: »Aber am schönsten findet Peppa es in ihrem eigenen Zimmer. Das teilt sie sich mit ihrem Bruder Schorsch. Vom Hochbett aus können sie sogar den Mond sehen! Nur Aufräumen macht den beiden nicht ganz so viel Spaß.« Auf dem passenden Bild sieht man ein Bett, ein Fenster und Spielzeug auf dem Boden. Mehr nicht. Wer auch immer für diesen ganzen *Peppa Wutz*-Kosmos verantwortlich ist – ich habe Fragen …

1. Wie soll man ein Zimmer aufräumen, in dem nicht ein verkackter Schrank steht? Mir würde Aufräumen auch keinen Spaß machen, wenn meine Eltern zu geizig wären, mir ein beschissenes Regalsystem zu kaufen. Sollen Peppa und Schorsch den ganzen Plastik-Bums in der Ecke stapeln, ihn auffressen oder ihren geliebten Kipplaster einfach aus dem Fenster werfen? Diese prekären Wohnverhältnisse sind eindeutig eine Zumutung.
2. Was soll das überhaupt für ein Kinderzimmer sein? Wollen Zeichentrickserien die Ästhetik des neuen Minimalismus auch schon in die Köpfe der Kleinsten bringen? War Marie Kondo zu Besuch und hat den Sperrmüll angerufen? Oder ist eurem unterbezahl-

ten Illustrationsteam einfach die Luft ausgegangen? Hat man da gedacht: Nö, Spielzeug und ein klappriges Hochbett bekommen wir hin. Aber für so ein dösiges Kallax-Regal fehlt uns einfach das zeichnerische Talent. Außerdem bekommen wir hier nur Mindestlohn, ihr Ficker!

3. Ist Familie Wutz am Ende armutsgefährdet? Haben sie sich mit der Immobilie in dezenter Hanglage verspekuliert? Musste man die dänischen Mid-Century-Möbel an irgendwelche Hipster auf eBay Kleinanzeigen verkaufen? Ist Papa Wutz spielsüchtig? Der Mann hat noch nicht mal einen Vornamen, da würde ich mich auch in Eskapismus verlieren. Weiß eh niemand, was der Mann beruflich macht. Wahrscheinlich geht er jeden Morgen aus dem Haus und gammelt dann den ganzen Tag in der Spielothek rum, während Mama Wutz zu Hause nichts ahnend die Kinder hütet. Die gute Frau tut mir am Ende nur leid.
4. Was zum Teufel macht Mama Wutz eigentlich in ihrem Arbeitszimmer mit diesem dubiosen PC? Schreibt sie feministische Blogs über die verkackten Rollenbilder in Zeichentrickserien? Verkauft sie Crystal Meth im Darknet? Oder hat sie einen Etsy-Shop für bedruckte Filzpantoffeln? Ich erwarte hier endlich mal Antworten.

Vielleicht steigere ich mich da gerade etwas rein, aber diese Serie treibt mich noch in den Wahnsinn! Ich bin so unfassbar wütend.

4

Auf dem Spielplatz, ein kleiner Junge (ca. 5) kommt mit seinem Schippchen direkt auf mich zu und grinst mich über beide Ohren an.

Ich: »Na?! Auch hier?«
Er: »So ein Wetterchen muss man ausnutzen.«

Ich bin begeistert. Ein Familienvater gefangen im Körper eines Fünfjährigen. Als Nächstes fragt der kleine Boomer mich, ob ich einen guten Parkplatz gefunden habe, verweigert es, über Gefühle zu reden und sagt Dinge wie: »Schön ist das! Aber hier leben wollt ich nicht!« Na ja, muss er selbst wissen.

Ich: »Viel Spaß noch beim Schaufeln!«
Er: »Jo! Von nix kommt nix!«

5

Auf dem Spielplatz, ein kleiner Junge kommt auf mich zu und klaut mir die Mütze.

Er: »Sie haben aber wenig Haare. Wie ein richtiger Opa!«
Ich: »Grmpf!«
Seine Mutter: »Leon, das sagt man nicht. Bitte gib dem Mann die Mütze wieder und entschuldige dich.«
Ich: »Schon okay!«
Sie: »Hihi! Die Kleinen sind einfach so erfrischend ehrlich. Wie sagt man so schön: Kinder und Betrunkene sagen immer die Wahrheit.«
Ich (in Gedanken): Warum wird die Ehrlichkeit von Kindern eigentlich immer so romantisiert? Ich möchte schon grundsätzlich nicht, dass meine engsten Freunde ehrlich zu mir sind, warum dann irgendwelche fremden Kinder? Neulich stand der Nachbarsjunge vor der Tür und fragte, ob Sauron zum Spielen rauskommen könnte. Ich vertröstete ihn und sagte, dass meine Kinder

meist nur an den Wochenenden bei mir sind und unter der Woche bei ihrer Mutter wohnen. Darauf überlegte der Junge lange und sagte: »Sie müssen ein sehr trauriger Mann sein!« Alles, was ich dachte, war: Bis gerade war ich es nicht, du Arschnase.
Sie: »Alles okay?«
Ich: »Ich denke nur nach.«

Kurze Zeit später gibt der Junge mir meine Mütze wieder.

Er: »Entschuldigung! Das war gemein. Sie sehen nicht aus wie ein Opa.«
Ich: »Du bist trotzdem hässlich!«

CREMIGE DIALOGE IM CAFÉ IV

1

Ein Café in Dortmund, eine hübsche Frau spricht mich an.

Sie: »Entschuldigung! Du bist doch Patrick Salmen, oder?«
Ich: »Ja.«
Sie: »Das ist jetzt superpeinlich! Aber darf ich dich was fragen?«
Ich: »Na klar.«
Sie: »Können wir vielleicht … Ach, nee. Vergiss es. Will echt nicht aufdringlich sein. Du wirst bestimmt zwanzig Mal am Tag angesprochen.«
Ich: »Nee, eigentlich überhaupt nicht.«
Sie: »Haha, als ob! Man sieht sich! Tschüss.«

Hübsche Frau geht wieder. Mein *Fame* fuckt mich jetzt schon ab.

2

Ein Café in Hannover, Gespräch am Nebentisch

Sie: »Bist du eher extrovertiert oder introvertiert?«
Er: »Hm, ich würde sagen, ich bin extro-intro.«
Sie: »Ach, sag bloß! Ich auch. Manchmal bin ich gern alleine und manchmal lieber unter Leuten.«
Er: »Verrückt. Weißt du, beim Alleinsein tanke ich meine Akkus für soziale Interaktionen auf. Ich bin wirklich gern in Gesellschaft, aber das kostet mich schon viel Kraft.«

Sie: »Das gibt's ja gar nicht. Ich auch. Aber zu lange allein sein kann ich dann auch nicht. Dann suche ich wieder den Kontakt zu anderen oder gehe auf Konzerte!«

Er: »Du gehst auch gern auf Konzerte?«

Sie: »Ja, ich liebe Musik!«

Er: »Nein, ich auch! Ein Leben ohne Musik kann ich mir gar nicht vorstellen.«

Sie: »Zu Konzerten gehe ich am liebsten mit meinen Freunden. Die sind für mich das Allerwichtigste im Leben.«

Er: »Boah, krass. Meine Freunde sind mir auch voll wichtig.«

Sie: »Wir haben echt viel gemeinsam!«

Typ am Nebentisch: »Ihr seid schon zwei ganz besondere Schneeflöckchen.«

Sie: »Wie bitte?«

Typ: »Ach, halt's Maul!«

3

Ein Café in München, Gespräch am Nebentisch

Sie: »Ach! Schön, dass das so spontan geklappt hat.«

Er: »Find ich auch. Wie geht's dir denn?«

Sie: »Mir geht's super. Danke!«

Er: »Und wie geht's dir WIRKLICH?«

Sie: »Mir geht's gut. Fühl mich sehr entspannt heute. Bin generell momentan sehr zufrieden mit meinem Leben!«

Er: »Ach, komm! Du kannst dich hier ruhig öffnen. Wir müssen hier doch nicht auf dieser oberflächlichen Ebene bleiben. Menschliche Abgründe, Zweifel, Ängste, Depressionen. Du kannst dich ruhig öffnen! Ich mag Deep Talk.«

Sie: »Mir geht's aber gut!«
Er: »Schade!«

MEIN DANKBARKEITSTAGEBUCH II

MONTAG:
Ich bin dankbar für die kleinen Wunder des Alltags! Heute stand erneut der Postbote an der Tür und überreichte mir ein Paket. Plötzlich kam mein Großer dazu …

Postbote: »Hallo! Wer bist denn du?«
Sohn: »Also die Erde … Ganz innen ist der Erdkern, dann kommt der Erdmantel und außen die Erdkruste.«
Postbote: »Cool!«
Sohn: »Der Urkontinent heißt Pangäa.«
Postbote: »Und wie alt bist du?«
Sohn: »Ein Triceratops gehörte zur Gattung der Vogelbeckensaurier und konnte bis zu neun Meter lang werden …«
Postbote: »Gehst du schon in …«
Sohn: »Dinos sind ausgestorben. Blauwale sind die größten Säugetiere. Irgendwann sterben die aber auch aus.«
Postbote: »Okay.«
Sohn: »Und du auch! Tschüss!«

[Abgang Kind]

Es ist wirklich nicht einfach mit diesen Naturwissenschaftlern! Belesen und gebildet, aber die soziale Intelligenz von 'ner Teflonpfanne.

DIENSTAG:
Verwirrendes Erlebnis: Bin gerade an einer kleinen Boutique für Damenmode vorbeigelaufen, und über dem Eingang des Ladens stand in großen Buchstaben *Bonnie & Clyde*. Ich war durchaus verwundert, immerhin hatte ich vor einiger Zeit mal ein Modegeschäft namens *Bonnie & Kleid* gesehen – ein Wortspiel, das im Bereich Damenmode durchaus Sinn ergibt. Bei *Bonnie & Clyde* scheint man diese Gelegenheit allerdings verpasst zu haben oder wollte ein bewusstes Zeichen für mehr Seriosität im Einzelhandel setzen. Nun hatte ich jedenfalls eine Filmidee. Arbeitstitel: *Der Lektor*. Uwe K. war ein recht strenger und humorloser Mann aus dem Spreewald, der zunächst eine steile Karriere in der Verlagswelt machte, nur um wenig später eine Firma zu gründen, die schon bald das alleinige Monopol für die Herstellung von Firmenschildern besitzen sollte. Schon als zuständiger Cheflektor der Schilderabteilung »Kunst & Co.« sollte er sich seine nüchterne Art stets bewahren. Ambitionierte Gründer gaben großflächige Schilder mit Schriftzügen wie *KUNST der Stunde* oder *Art, aber herzlich* in Auftrag, und es kam, wie es kommen musste: Uwe K. schüttelte den Kopf, murmelte Sätze wie »Hä? Es heißt doch Gunst der Stunde, du Pappnase!« und korrigierte die Fehler für die abschließenden Druckdaten. Nach einem kleinen Umweg über die Abteilung »Gastronomie & Friseurketten« landete er am Ende in dem Fachbereich »Modeboutiquen«, und auch hier stand er bei eingereichten Titeln wie »Der Name der Hose« oder »Pulli Hoeneß« vollkommen auf dem Schlauch. Insgesamt brauchte er nur fünf Jahre, um sämtliche Wortspiele im gesamtdeutschen Einzelhandel- und Dienstleistungssektor abzuschaffen. *Der Lektor:* ein Film über Macht und einen Mann, der immer seinen Weg gegangen ist. Was soll ich sagen? Ich bin dankbar für meine rege Fantasie.

MITTWOCH:
Ich bin dankbar für menschliche Begegnungen. Seit etwa vier Wochen steht ein Baugerüst vor unserem Haus. Mal wieder. Die Arbeitszeiten der Maler und Dachdecker sind sehr unregelmäßig, aber hin und wieder taucht ein willkürliches verdutztes Gesicht vor unserem Fenster auf, denn ich habe noch keine Vorhänge und dementsprechend lebe ich hier wie ein offenes Buch. Manchmal winken die Herren und ich lächle freundlich zurück. Auf eine seltsame Art sind wir einander vertraut geworden. Inzwischen möchte ich sie nicht mehr missen, denn sie geben meinem Leben eine gewisse Struktur. Während ich mich anfangs noch der Lethargie hingegeben habe, möchte ich mittlerweile einen guten Eindruck auf diese fleißigen Männer machen. Morgens duschen, regelmäßige Frühstückszeiten, gepflegter Haushalt – solche Dinge sind ihnen bestimmt wichtig. Jetzt wo mein Basilikum tot ist, sind sie meine einzige Konstante im Leben, die mir eine gewisse Stabilität geben. Manchmal bekomme ich durch das offene Fenster ein paar Gesprächsfetzen mit. Soeben sagte jemand: »Ich glaube an das Gute im Menschen.« Was ich verstanden habe: Ich glaube an Scooter im Menschen! Was soll ich sagen? Hyper! Hyper!

DONNERSTAG:
Am Vormittag war ich mit den Kindern auf dem Bauernhof. Besonders gefallen hat mir der Ausflug ins Maislabyrinth. Relativ schnell war klar: Hier kommen wir nicht mehr raus. Schon nach etwa zwei Stunden ging uns der Proviant aus. Ich habe bereits die erste Fata Morgana gesehen, und über uns kreisten zwei hungrige Geier. Rechnete jederzeit mit unserem würdelosen Ableben. Es wäre ein skurriler Tod. Erheiternd war aber der Gedanke, dass die Leute auf meiner Beerdigung in stillem Gedenken Popcorn essen würden.
Am Abend habe ich das schönste Kompliment aller Zeiten bekom-

men. Nach einer Kinderbuchlesung kam ein etwa fünfjähriges Mädchen zu mir und sagte: »Also das Buch fand ich scheiße, aber Sie sind ein sehr lieber Mann!« Diese Worte geben mir Kraft!

FREITAG:

Heute Morgen habe ich erneut den Postboten im Flur getroffen. Kurz bevor er das Haus verließ, schaltete sich die achtzigjährige Nachbarin aus dem Erdgeschoss ein. Hier eine möglichst originalgetreue Wiedergabe des Gesprächs:

Nachbarin: »Entschuldigung, junger Mann! Bei der Zeitung war gestern wieder kein Rossmann-Prospektchen dabei!«

Er: »Das tut mir leid. Da hab ich leider keinen Einfluss drauf.«

Sie: »Da ist doch sonst immer ein Rossmann-Prospektchen dabei.«

Er: »Wie gesagt, ich hab da …«

Sie: »Nicht dass das einer aus dem Briefkasten klaut!«

Er: »Nur das Rossmann-Prospektchen?«

Sie: »Weiß man ja nicht. Hier ist schon mal was weggekommen.«

Er: »Ich glaube nicht, dass Diebe hier gezielt Ihr Rossmann-Prospektchen klauen.«

Sie: »Das ist, weil die Leute die Tür abends nicht richtig abschließen. Einmal stand die komplett offen. Das hat vom Flur bis in meine Wohnung gezogen.«

Er: »Aber was soll ich …«

Sie: »Vom Getränkemarkt hat das Prospektchen auch schon mal gefehlt. Aber da war ich eh noch nie …«

Er: »Hm …«

Sie: »Schade ist das mit dem Rossmann-Prospektchen! Vom Edeka ist immer ein Prospektchen dabei. Und vom Fressnapf. Aber der Edeka ist mir zu teuer und Haustiere habe ich keine. Was soll ich da mit dem Fressnapf-Prospektchen?«

Er: »Nee, das brauchen Sie dann wirklich nicht.«
Sie: »Bei den Nachbarn war wohl auch kein Rossmann-Prospektchen dabei!«
Er: »Ich höre mich da …«
Sie: »Und ich brauche ganz dringend Shampoo!«
Er: »Sie können doch auch einfach so zum Drogeriemarkt gehen. Ist doch direkt um die Ecke. Shampoo gibt es da eigentlich immer.«
Sie: »Und woher soll ich wissen, was das kostet?«
Er: »Das wissen die Mitarbeiter schon. Haben die alles im System.«
Sie: »Und wenn die bei Rossmann ihr Prospektchen auch nicht bekommen?«
Er: »Ja, da bin ich jetzt überfragt …«

Es sind Szenen wie diese, die dafür sorgen, dass die Spannungskurve in meinem Leben am oberen Anschlag bleibt. Dafür bin ich dankbar!

SAMSTAG:
Ich bin dankbar für das tolle Angebot der Mediatheken, denn es gibt wenig Dinge auf dieser Welt, die so eine beruhigende Wirkung auf mich haben wie Dokumentationen über Tiny-House-Bewohner. Ich würde mir auch gern ein Tiny House bauen, bloß damit ich dann allen möglichen Leuten auf den Sack gehen kann: Seht nur, würde ich sagen, auch ich habe mir ein Tiny House gebaut. Alles, was es dafür brauchte, waren Papas Erbe, zweihundert Quadratmeter Bauland in der Uckermark und öko-zertifiziertes Naturholz im Wert einer Vorstadtvilla. Aber seit ich hier lebe, habe ich erkannt: Man braucht echt gar nichts zum Glücklichsein. Außer eben ein Tiny House. Fest steht: Ich schaue diese Home-Storys mit einer immensen Begeisterung, und manchmal spiele ich dabei Bullshit-Bingo und freue mich, sobald Wörter und Phrasen wie »Reduktion auf

das Wesentliche«, »bloß das Nötigste«, »Raumwunder« oder »man braucht ja zum Leben nicht viel« fallen. Immer wieder die gleichen Erzählungen über Landflucht und Ruhe. Stundenlang könnte ich in diesem Thema versinken. Allein soziologisch betrachtet ist es faszinierend. Reiche Leute auf wenig Raum sind Minimalisten, und arme Leute auf wenig Raum sind asozial. Im Grunde ist das Konzept Tiny House in Zeiten unbezahlbaren Wohnraums auch nur eine Romantisierung von Trailerparks. Und doch bin ich jedes Mal neidisch und träume von meinem zukünftigen Leben auf zwanzig Quadratmetern. Doch sobald ich den Fernseher ausschalte, denke ich: Ha, diese Trottel! Ich geh jetzt in den Westflügel, ihr Ficker! Highlight einer Tiny-House-Dokumentation war übrigens der Film *Fünf Jahre Tiny House – ein ehrliches Fazit* und der abschließende Satz eines desillusionierten Bewohners: »Jo, war 'ne schöne Zeit. Ist aber echt scheiße eng.«

SONNTAG:
Ich bin dankbar für die menschliche Neugier. Weil mein siebenjähriger Sohn ein sehr neugieriger Mensch ist und ich meiner inneren Boomerisierung entgegenwirken wollte, haben wir uns heute Morgen sehr ausführlich mit dem Thema Geschlechtervielfalt beschäftigt. Da ich auf dem Gebiet selbst einige Bildungslücken habe, zogen wir einige Artikel im Internet und einen Wissenspodcast für Kinder zurate. Immer wieder stießen wir auf Begriffe wie »intersexuell«, »cis« oder »non-binär«. Das Kind war hellauf begeistert und lauschte den detaillierten Ausführungen über die wundervolle Diversität menschlicher Identitäten. Ach, dachte ich nahezu beseelt, wie schön, dass sich die Zeiten ändern! Außerdem war ich ein wenig stolz, wie geduldig wir uns gemeinsam fortbildeten und ich am Ende einige offene Rückfragen klären konnte.
Beim Abendessen zog mein Sohn folgendes Fazit: »Also … es gibt

Männer, Frauen und Transformer!« Inhaltlich vermutlich stark runtergekürzt, aber vielleicht sind wir auf dem richtigen Weg. Würde ich jetzt bloß so nicht auf Twitter posten. Die Vorstellung von Optimus Prime als Symbolfigur der Transgender-Bewegung gefällt mir jedenfalls ganz gut. Am Ende sind wir ja alle irgendwas zwischen Lkw und Kampfroboter.

IRGENDWIE ERNÜCHTERND

Ein großes Dilemma – ich wollte mir einen neuen Fernseher kaufen, hatte aber keine Lust, mir so ein technisches und durchaus undekoratives Gerät ins Wohnzimmer zu stellen. Den alten Fernseher konnte man wegen seiner handlichen Größe noch geschickt hinter einer Schrankschiebetür verstecken, was mir sehr wichtig war, immerhin möchte ich von meinen Besuchern für einen belesenen Bildungsbürger gehalten werden, der sich nicht den trivialen Berieselungen irgendwelcher Privatsender hingibt. Denn spätestens als ich vor etwa fünfzehn Jahren rebellisch verkündete, dass ich »ja schon lange keinen Fernseher mehr habe«, sehe ich mich selbst als Speerspitze einer auserwählten medienkritischen Elite. Wozu Netflix, wenn es Adorno gibt?

Seit jeher habe ich von mir das Selbstbild eines Intellektuellen. Rückblick: Wir schreiben das Jahr 2004. Frisch für mein Studium eingeschrieben, bezog ich meine erste eigene Wohnung in einem belebten alternativen Viertel in Wuppertal. So, nun bist du also Student, dachte ich. Geschichte und Germanistik – ein richtiger Geisteswissenschaftler, ein feiner Herr Bildungsbürger. Bohème! Bohème! Ich kaufte mir eine Analogkamera und beschäftigte mich mit Schwarz-Weiß-Fotografie, ich besorgte mir einen Schallplattenspieler und legte mir eine beachtliche Sammlung an Jazzplatten zu. Petrucciani, Monk, Coltrane, Davis … da war alles dabei. Zuletzt kaufte ich mir ohne jedwede Ahnung teuren Wein sowie diverse Flaschen Whiskey und Cognac und stellte sie neben einem antiken Globus in einer Vitrine auf. Na, da werden die anderen Studenten aber beeindruckt sein, dachte ich. Das ist jetzt also deine neue Identität: Antiquar, Whiskeyconnaisseur, Jazzliebhaber und verlorene Künstlerseele.

Abends legte ich dann die Platten auf und schrieb morbide Gedichte. Schaurige Lyrik, wohingegen sämtliche Werke von Gottfried Benn oder der Lyrikband von Till Lindemann nahezu optimistisch und lebensbejahend sind. Doch weil mir das noch nicht arty genug war, kaufte ich mir in einem Fachgeschäft für Künstlerbedarf (Nanu-Nana) eine Staffelei, diverse Leinwände sowie zahlreiche Acrylfarben. Abends begann ich »abstrakte« Bilder anzufertigen – ich wollte Formen sprengen, die Kunst neu erfinden und oft das soeben erlernte Wort »Haptik« benutzen. Ich riss Leinwände ein, beklebte sie mit Audiokassetten und Polaroids, erstellte Collagen, übermalte sie dann wieder und hielt mich für ein verkanntes Genie und den unterschätztesten Künstler der Moderne. Highlight meines Œuvres war eine Installation in Form eines defekten Röhrenfernsehers, in den ich zunächst ein Küchenmesser rammte und dessen Bildschirm ich anschließend mit einem aufgeklappten Buch von Jean Baudrillard überklebte. Ein Statement! Nieder mit dem trivialen Medienkonsum! Ein Pamphlet an die Literatur!
Ein Jahr später reifte in mir die Erkenntnis, dass Lehramtsstudenten vielleicht doch keine Universalgelehrten und Intellektuellen sind. Außerdem musste ich einsehen, dass meine abstrakten Kunstwerke doch eher grotesk-hässlich waren und mir Whiskey wirklich so gar nicht schmeckte. Mein kleines Quartier Latin war am Ende doch nicht in Paris, sondern in Wuppertal-Elberfeld, und irgendwie habe ich akzeptiert, dass ich Jazz auch nur in wohldosiertem Maße ertrage. Geblieben ist einzig meine Liebe für traurige Gedichte und eine schlimme Aversion gegen Nanu-Nana-Filialen. Eine schöne Zeit war es trotzdem!

Ich schweife ab. Jedenfalls habe ich mir dann einen Fernseher gekauft, der wie ein Gemälde aussieht und im ausgeschalteten Zustand gerahmte Kunstwerke simuliert. Eine elegante Lösung! In meinem Kopf spielte sich bereits folgendes Szenario ab: Ein Besucher betritt meine Wohnung, erblickt das Gemälde und steht dann staunend davor. Es folgen Sätze wie: »Welch schönes Bild! Und diese satten Farben! Ich wusste gar nicht, dass du unter die Kunstsammler gegangen bist.« Oder: »Wow! Ein echter Gerhard Richter! Buchautor müsste man sein.« Dann hätte ich mir irgendeine schöne Geschichte von der letzten Sotheby's-Auktion aus den Fingern gesaugt und schon wäre der Schwindel perfekt gewesen.

Die Realität ist leider ernüchternd. Die meisten Besucher sagten einfach: »Ah, cooler Bildschirmschoner!« Oder: »Kurz hielt ich dieses Gemälde für echt, aber dann dachte ich: Warum ist das Bild so unnatürlich hell? Hilfe, es blendet wirklich sehr stark. Meine Augen! Argh!« Nun, ich gebe zu, je nach Bildschirmhelligkeit und Lichteinfall sieht das Bild halbwegs realistisch aus, allerdings hängt der Fernseher an einer Stelle, an der man niemals eine Leinwand aufhängen würde, nämlich direkt über einem TV-Lowboard, und das auch noch sehr tief. Die einschlägigen Seiten wie Pinterest geben dann Tipps wie: »Hängen Sie einfach vier weitere Bilder hinzu, dann wirkt es natürlicher und verliert sich im Gesamtgefüge einer kleinen Galerie!« Ein toller Ratschlag. Ähnlich sinnvoll wie: »Wenn Sie möchten, dass Ihr Tiny House geräumiger wirkt, dann reißen Sie einfach die Fassade ein und stellen ein paar andere Häuser als Anbau daneben!«

Das Grundproblem: Es mangelt mir an weiteren Bildern und man will sich ja nicht irgendwelchen Schund aufhängen, also müsste ich Ausschau nach Werken von talentierten Künstlern halten, und hier im Viertel gibt es bloß zwei Galerien. Die eine hat ein Art-Wortspiel im Namen und verkauft mediterran angehauchte Acrylbilder mit Cappuccino-Motiven, die allesamt aussehen, als hätte sie eine pensionierte Biologielehrerin im VHS-Kurs »Deko-Art mit Pfiff« erschaffen. Die andere verkauft großflächige Leinwände mit Titeln wie *White Surface, oil on canvas, 18 000 Euro.* Da müsste ich also noch ein paar erfolgreiche Katzenkrimis schreiben. Ach, es ist alles nicht so einfach!

Heute Morgen war ein Freund zu Besuch, schaute irgendwann auf mein strahlendes Gemälde und sagte: »Das ist quasi ein Fernseher für Menschen, die sich zu fein für einen gewöhnlichen Fernseher sind. Oder eben Kunst für Menschen, die keine Ahnung von Kunst haben.« Mit anderen Worten: Im Endeffekt bin ich einfach ein Trottel.

MIT DEM SWIPEN SIEHT MAN BESSER

Auf die Empfehlung meiner besten Freundin hin habe ich mich bei einer Onlinedating-Plattform angemeldet: Bumble. Im Grunde ist es das gleiche Prinzip wie bei Tinder, bloß dass die Frauen hier die erste Kontaktaufnahme machen müssen, damit sie nicht von dubiosen Creeps belästigt werden, die ihnen ungefragt eine Collage ihrer schönsten Dickpics zusenden. Ich frage mich wirklich, was im Kopf eines Mannes vorgehen muss, dass er denkt: *Oh, eine holde Maid! Die gilt es zu bezirzen. Da lade ich doch zum Balztanz und schicke ihr statt Blumen ein Porträt von meinem schrumpeligen Gemächt!* Warum nicht lieber Duckpics verschicken? So eine flauschige Ente würde wohl mehr Eindruck schinden. Ich habe mir jedenfalls fest vorgenommen, durch Humor zu punkten und allenfalls durch schlechte Dad-Jokes oder Bilder von meinem prächtigen Basilikum aufzufallen.

Tinder erschien mir jedenfalls zu unseriös, und für Elite-Partner bin ich als Künstler nach drei Jahren Pandemie definitiv zu broke. Die Anmeldung war unkompliziert, und ich entschied mich im Sinne der Fairness, bereits im Profil neben den üblichen Fotos und einem pfiffigen Vorstellungstext so viele relevante Informationen wie möglich von mir preiszugeben. Nicht dass es da beim ersten Date schon unangenehme Überraschungen für die potenzielle Herzensdame gibt. Name: Patrick, Alter: 38, Beruf: Autor.

Die Wahrheit also: Ich bin geschieden, habe zwei Kinder, möchte aber definitiv keine weiteren mehr und versuche seit zwanzig Jahren vergeblich, mir das Rauchen abzugewöhnen. Ich bin freiberuflicher

Autor, der gefühlt hundert Tage im Jahr auf Lesereise ist, habe wenig Haare, einen leichten Bauchansatz und war mal zwei Tage Veganer, bis mir einfiel, dass ich ohne Spiegeleier nicht leben kann. Außerdem liebe ich schlechte Wortspiele und bin psychisch noch leicht instabil. Meine gesunde Selbsteinschätzung sagt: Auf dem Datingmarkt bin ich eine solide 2/10. Aber, wie gesagt, es geht um Transparenz. Was suche ich? Eine monogame Partnerschaft? Eine offene Beziehung? Eine Sugar Mommy? Etwas Lockeres? Was soll das eigentlich sein? Etwas Lockeres? Klingt wie in den Stellenausschreibungen von jungen Start-up-Firmen: *Ey, wir sind hier alle total easy und entspannt. Gleitzeit, Obstkorb, Kickertisch. Du wirst zwar beschissen bezahlt, aber darfst den Vorgesetzten duzen. Locker halt!* Ich überspringe den Punkt und entscheide mich für: *Weiß ich noch nicht.* Im Idealfall irgendwas zwischen: One-Night-Stand und »Du bist die Liebe meines Lebens. Morgen stell ich dir meine Mutter vor«.

Wenig später geht es dann bereits los: Bei der Suche kann ich schon einige Filter aktivieren. Radius: fünfzig Kilometer, Geschlecht: weiblich. Alter: dreißig bis vierzig. Etwa zwanzig Minuten lang wische ich auf dem Bildschirm willkürliche Bilder herum und widme mich mit vollster Aufmerksamkeit den Profiltexten. Nach einigen Minuten das erste Match. Hier der Versuch einer Rekonstruktion des Dialogs:

Sie: »Hey, Patrick! Interessantes Profil!«
Ich: »Kuckuck! Wie läuft dein Tag?«
Sie: »Alles reibungslos. Habe gerade die Drillinge vom Kindergarten abgeholt, und gleich geht's in den Indoorspielplatz. Die anderen Kinder sind heute bei den Großeltern.«
Ich: »Wie viele Kinder hast du denn?«
Sie: »Sieben!«

Verdammt, denke ich, ich muss dringend diese Filtersuche optimieren. Schon bei meinen eigenen zwei Kindern denke ich oft: Puh, das sind aber viele! Im Grunde suche ich jemanden, der keine Kinder hat und auch keine eigenen mehr will, es aber okay findet, dass ich bereits Kinder habe, aber eben nur okay und nicht super, und vor allem nicht so super, dass ich auch bloß ansatzweise das Gefühl bekommen könnte, sie mag meine Kinder irgendwann mehr als mich, was ich zwar verstehen könnte, aber dann doch fragwürdig fände. Ich denke, das sollte schließlich kein Problem sein. Eins ist klar: Sieben Kinder sind zu viel. Aber wie komme ich aus der Nummer hier elegant wieder raus?

Der Dialog geht weiter …

Sie: »Ja, sieben Kinder schreckt manche echt ab. Aber keine Angst, ich suche hier keinen Vaterersatz. Was machst du gerade Schönes? Du hast auch Kinder, oder?«
Ich: »Ja, ich habe auch Kinder.«
Sie: »Cool! Wie viele denn? Wie heißen sie?«
Ich: »Ebenfalls sieben. Ich habe sie nach den Todsünden benannt. Habgier und Zorn spielen gerade Counter-Strike, und die anderen fünf habe ich heute Morgen nicht gefunden. Wahrscheinlich sind sie bei Lidl und lecken am Leergutautomaten.«
Sie: »Ah, okay. Tschüss!«

Na geht doch, denke ich und ändere umgehend die Suchfiltereinstellungen. Habe ja nichts gegen Kinder, aber es wäre gut, wenn ich mir deswegen keinen Linienbus kaufen müsste. Kurze Zeit später dann der nächste Treffer. Das geht hier wesentlich schneller als gedacht.

Sie: »Hey, Patrick! Wie schön, dass wir ein Match haben! Bin kein Freund von ewigem Schreiben und suche hier keine Brieffreundschaft. Magst du mich mal spontan zum Essen ausführen?«
Ich: »Klar! Warum nicht?«
Sie: »Eins vorweg – beim klassischen Dating steh ich auf alte Werte.«
Ich: »Und zwar?«
Sie: »Tür aufhalten, Blumen mitbringen, der Mann zahlt.«
Ich: »Hm, das wird schwierig.«
Sie: »Bist du Feminist?«
Ich: »Nee, Künstler.«

Das scheint hier doch alles wesentlich komplizierter zu werden. Vielleicht sollte ich es doch auf analoge Art probieren, aber dafür müsste ich das Haus verlassen und mir eine Hose anziehen. Ich beschließe dem Projekt Onlinedating also noch eine weitere Chance zu geben. Umgehend darauf ein weiterer Dialog:

Sie: »Witzig, du siehst aus wie so ein Typ, den ich mal auf YouTube gesehen habe. Irgendwas mit Bärten! Google mal *Patrick Salmen.*«
Ich: »Schon passiert. Oh, mein Gott! Die Ähnlichkeit ist echt unheimlich.«
Sie: »Erst habe ich gedacht, dass du das wirklich bist, aber dann dachte ich: Das wäre ja ganz schön armselig, wenn sich eine Person der Öffentlichkeit auf Datingportalen rumtreiben muss.«
Ich: »Das wäre echt mehr als kläglich. Dem Typ schmeißen die Girls doch bestimmt reihenweise Schlüpfer auf die Bühne.«
Sie: »Hab ihm jedenfalls schon auf Instagram geschrieben, dass jemand auf Bumble seine Fotos benutzt und er das vielleicht besser wissen sollte, um den Typen dort sperren zu lassen.«
Ich: »Und was hat er geschrieben?«
Sie: »Irgendwas wie *Dieses kranke Schwein!*«

Ich: »Na, dann wird er sich hoffentlich drum gekümmert haben. Hab mir jetzt mal ein paar Nummern von dem angehört. Unfassbar witzig!«
Sie: »Joa, meins ist es nicht!«

Ach, f**** euch doch alle, denke ich. Acht Stunden später swipe ich noch immer grenzdebil herum. Ich bin bereits jetzt abhängig, und theoretisch gehöre ich dringend in eine Suchtklinik. Den Suchfilter habe ich inzwischen großzügig auf fünfhundert Kilometer aufgerundet, weil ich eh gern alleine wohne und viel Zeit für mich brauche. Eine Fernbeziehung mit einer Frau aus dem Landkreis Bautzen wäre also durchaus denkbar. Irgendwann dann das nächste Gespräch:

Sie: »Hey! Sag mal, wärst du grundsätzlich bereit, nach Tönisvorst zu ziehen?«
Ich: »Können wir nicht erst mal einen Kaffee trinken, bevor ich irgendwo hinziehe?«
Sie: »Aber ich liebe Tönisvorst. Das ist mehr als nur Heimat für mich.«
Ich: »Aha!«
Sie: »TÖNISVORST! Für diesen Ort schlägt mein ganzes Herz. Bin hier aufgewachsen, und die Menschen hier muss man einfach lieben.«
Ich: »Hm.«
Sie: »TÖNISVORST! TÖNISVORST! TÖNISVORST!«

Ich lege umgehend das Handy zur Seite. Ich kann das alles nicht mehr. Seit etwa zehn Stunden habe ich nichts gegessen, weil ich trotz der aufkeimenden Desillusionierung große Angst habe, hier irgendwas zu verpassen. Irgendwann swipe ich natürlich doch weiter. Die Texte lese ich schon längst nicht mehr und versuche mich auf meine flüchtige Menschenkenntnis einzulassen. Zum Glück gibt es bereits auf dem Profilfoto Merkmale, die für mich ein klares Ausschlusskriterium darstellen. Inszenierte Posen mit Duckface und ausgestrecktem Hintern vorm Spiegel im Fitnessstudio, Barfußschuhe, Liegefahrräder und Aperol Spritz. Zwar liebe ich Aperol Spritz, aber wenn sich jemand zu sehr mit einem Getränk identifiziert, wird es bedenklich. Dieses Bild schreit dann: Schau mal, ich bin 'ne crazy Maus und sonntags geh ich immer mit den Mädels ins Café Extrablatt. Und diese Mädels sind dann natürlich auch alle crazy Mäuse und sagen nicht Aperol, sondern *Aperölchen* und *Stößchen* und *Hallöchen,* und überhaupt sind sie wahrscheinlich alles positiv-bekloppte selbst ernannte »echte Marken« und haben Göttergatten, freche Frisuren und WhatsApp-Gruppen, wo sie ihre fotografierten Milchschaummuster präsentieren, nur um irgendwelche bescheuerten Wortspiele mit dem Wort Latte rauszuhauen. Und sie alle beschreiben sich als total *verrückt* und *kompliziert,* weil sie … Ach, ich steigere mich wieder rein. Und Profilbilder mit Sonnenbrillen versteh ich auch nicht. Das Konzept Augen find ich schon ganz schön.

Achtundvierzig Stunden später: Aufgrund meiner Bildschirmzeit habe ich bereits flackernde Augenlider und eine solide Gelenkkapselentzündung an beiden Zeigefingern. Dazu leide ich unter Schlafentzug und habe Herzrasen vom ganzen Kaffee. Die Treffer werden zunehmend seltener. Scheiß doch auf Transparenz, denke ich und ändere meine Profil-Informationen: Name: José, Alter: 32, Beruf: Herzchirurg. Auch bei den Details nehme ich ein paar Optimierungen vor. Streng genommen rauche ich zum Beispiel nur in Gesellschaft. Stimmt zwar nicht, aber kann man mir ja nicht nachweisen, weil ich im Moment eines potenziellen Zusammentreffens schon in Gesellschaft wäre. Ich behaupte ja nicht, dass ich ausschließlich in Gesellschaft anderer Raucher rauche. Das wertet meinen Marktwert hier enorm auf. Und dass ich Kinder habe, ist ja streng genommen auch nicht wahr. So ein Kind besitzt man ja nicht, das sind freie Menschen, und im Grunde wohnen die ja noch nicht mal bei mir. Ich könnte ihre Existenz vorerst geheim halten und dann irgendwann behaupten, das wären zwei wortkarge kleinwüchsige Freunde von mir, die ich bei meiner ehrenamtlichen Betätigung als Inklusionshelfer kennengelernt habe. Den Beruf muss ich hier ja auch nicht unbedingt verraten und mit *politisch links* habe ich mich ohnehin nur in eine moralisch-selbstgefällige Schublade gesteckt. Im Grunde bin ich auch bloß ein sehr freundlicher Nazi. Vielleicht etwas sensibler und empathischer, womöglich auch weniger verbittert und ignorant, ohne den ganzen Fremdenhass und den dämlichen Nationalstolz, aber immerhin trage ich gern Schwarz.

Etwa dreißig Minuten später: Die Treffer häufen sich. Das liegt auch daran, dass ich auf meinem neuen Profilfoto fünfundzwanzig und somit wesentlich schlanker bin und über voluminöses Haupthaar verfüge.

Sie: »Schönes Profilbild. Feier ich!«
Ich: »Oh, danke! Sehr nett von dir.«
Sie: »Ja, wirklich. Lieb's! Bist du schon lange bei Bumble?«
Ich: »Nee, war auch erst skeptisch, aber ein Freund hat es mir empfohlen.«
Sie: »Feier ich voll! Geht doch nichts über gute Freunde. Und hast du eine gute Zeit hier?«
Ich: »Ja, waren schon einige nette Gespräche und Begegnungen dabei.«
Sie: »Oh, wie schön. Bei mir auch, bin schon ein paar Monate hier, aber der Richtige war leider noch nicht dabei!«
Ich: »Tja, vielleicht ändert sich das bald. Zwinker! Zwinker!«
Sie: »Du bist ja cute. Lieb's!«

Ich: »Pass auf, ich glaube, du bist richtig nett, aber wenn du noch ein einziges Mal ›lieb's‹ oder ›feier ich‹ sagst, schmeiß ich mein Handy aus dem Fenster und ritze mir die Pulsadern auf.«
Sie: »Du bist aber impulsiv.«
Ich: »Sorry!«
Sie: »Nee, voll süß irgendwie. Lieb's!«

Okay. Ich gebe endgültig auf. Vielleicht mach ich doch einen Aushang bei REWE.

Kuckuck! Mein Name ist Patrick S., und ich habe mein Leben im Griff. Suche auf diesem Wege eine Sugar Mommy, die mir mein Leben als Romancier und erfolglosem Entrepreneur finanziert. Einzige Voraussetzung für eine glückliche Beziehung: Ich brauche viel Zeit für mich, möchte aber weder nach Remscheid noch Wolfsburg oder Tönisvorst ziehen. Die Anzahl deiner Kinder sollte gewährleisten, dass ich mit ihnen nicht Schneewittchen und die sieben Zwerge *nachspielen kann. Außerdem bräuchte ich etwas Startkapital für mein neues Start-up Grumpy Socks. Kernidee: einfarbige Tennisstrümpfe mit traurigen Motiven wie welkem Basilikum, Regen oder der Drucker-Fehlermeldung E107. Suchst du die Liebe deines Lebens? Dann tut es mir leid. Perfekt wäre eine offene Beziehung. One-Night-Stands und Affären müssten allerdings drei Monate im Voraus schriftlich beantragt werden, denn ich bin psychisch instabil, habe Verlustängste und brauche Zeit, mich mental darauf einzustellen. Außerdem könnte es sein, dass ich dann trotzdem ständig anrufe und unter Tränen pathetische Dinge schluchze wie: »Was hat er, was ich nicht habe?« Und: »Bitte bleib bei mir. Ich zieh auch nach Tönisvorst! Bitte melde dich! Tschüss!«*

ONLINEDATING: EIN RATGEBER

1

Gehen Sie beim ersten Date auf keinen Fall gemeinsam ins Restaurant, sondern lieber an einen Ort, an dem Sie jederzeit subtile Fluchtmöglichkeiten haben. Bewährtes Konzept: ein gemeinsamer Spaziergang! Das hat den Vorteil, dass Sie ständig Menschen oder Objekten begegnen, die Ihnen eine wunderbare Gesprächsgrundlage bieten. Freuen Sie sich auf Dialoge wie: »Das ist aber auch ein feines Wetterchen heute!« Oder: »Guck mal, ein Mülleimer!« Treffen Sie sich alternativ an Orten, die nicht romantisch behaftet sind. Ein gemeinsamer Besuch im REWE? Die Kinder von der Kita abholen? So können Sie sich sofort gemeinsam in den Alltag stürzen und prüfen, ob Ihre potenzielle Beziehung der trostlosen Realität standhält. Ein Ausflug in die Autowaschanlage, ein Einkauf im Gartencenter oder Brunchen bei den Schwiegereltern? Alles ist möglich!

2

Wir leben in modernen Zeiten, und für jeden sollte ein passendes Beziehungs- und Lebensmodell zu finden sein. Ob klassisches monogam-heteronormatives Modell mit zwei Kindern und einem Reihenhäuschen in Wolfsburg oder eine achtzehnköpfige pansexuelle und polyamouröse Lebensgemeinschaft auf einem Aussteigerbauernhof in Hückeswagen. Alles ist möglich! Seien Sie transparent und spielen Sie mit offenen Karten! Sie sind geschieden, haben jedes zweite Wochenende die Kinder, sind Kettenraucher und ständig auf

Lesetour? Kenner wissen, auf dem Datingmarkt sind Sie eine menschgewordene Bruchbude. Wer sich jetzt noch mit Ihnen trifft, macht es entweder aus Mitleid oder betreibt Aufbauhilfe.

3

Setzen Sie auf freche Profilfotos und witzige Texte: »Bin in einer glücklichen offenen Beziehung. Sonntags geschlossen.« Oder: »Nein, ich habe keine Lust auf einen Dreier. Wenn ich zwei Leute gleichzeitig enttäuschen will, treffe ich mich mit meinen Eltern.«
Da können Sie sich sicher sein, dass der potenzielle Partner durchaus schmunzeln muss und im Roflcopter der Liebe zu Ihnen schwebt. Punkten Sie mit Humor! Bereits beim ersten Date können Sie mit einem lustigen Outfit erscheinen. Ein aufgeklebter Schnurrbart? Ein Propellerhütchen mit Latzhose? Stelzen? Barfußschuhe? Seien Sie mutig!

4

Zeigen Sie Respekt und siezen Sie Ihren Gesprächspartner. Das zeugt von Demut und Höflichkeit und verleiht Ihnen eine geheimnisvolle Aura.

5

Vermeiden Sie es, bereits beim ersten Date nach einer gemeinsamen Wohnung oder der weiteren Familienplanung zu fragen. Das setzt Ihr Gegenüber nur unnötig unter Druck. Sollten Sie schon Kinder haben, vermeiden Sie es, diese bereits vorschnell mitzubringen. Falls es aus logistischen Gründen nicht anders geht, vermeiden Sie Sätze wie: »Fiete, das ist deine neue Bonusmama! Sei lieb zu Ute!« Vermeiden Sie generell Wörter wie *Fiete* und *Bonusmama*. Wichtig ist: Nehmen Sie sich Zeit für Ihre erste Begegnung. Entgegen dem Konzept Speed-Dating appelliere ich an das Konzept Slow-Dating. Wie wäre es mit einer achtwöchigen Kreuzfahrt oder einem gemeinsamen Urlaub auf Lanzarote? Ziehen Sie alternativ direkt zusammen und vereinbaren Sie einen unverbindlichen Probemonat. So können Sie später nicht unnötig enttäuscht werden.

6

Machen Sie sich rar! Bereits beim ersten Date können Sie mit Ihrer geheimnisvollen Aura punkten, indem Sie einfach nicht kommen.

7

Ein Date ist kein Interview, und Sie sind weder Sandra Maischberger noch Markus Lanz. Gestalten Sie Ihr Date unverkrampft und reagieren Sie spontan auf mögliche Impulse und Rückfragen. Verzichten Sie bei der ersten Begegnung darauf, ein Handout mit Tagesordnungspunkten mitzubringen. Bitten Sie allerdings um ein nachträgliches Feedbackgespräch und händigen Sie einen Evaluationsbogen aus. Machen Sie sich interessant! Falls Sie nicht interessant sind, engagieren Sie einige Statisten, die hin und wieder an Ihrem Tisch vorbeikommen und dann Sätze sagen wie: »Moment mal! Sind Sie nicht der großzügige und empathische Herr, der heute Morgen das eingequetschte Katzenbaby aus der Kanalisation gerettet hat, bevor Sie eine alte Dame wiederbelebt und einem Obdachlosen eine Immobilie geschenkt haben? Das war wirklich beeindruckend!« Oder: »Haben Sie nicht dieses wunderschöne Basilikum gezüchtet? Ich hörte davon! Ich wette, Sie müssen die Frauen mindestens genauso glücklich machen!«

8

Seien Sie fair und kommunizieren Sie offen und ehrlich Ihr Feedback. Alternativ zum Konzept Ghosting, wo Menschen einfach spurlos verschwinden und sich nie wieder melden, gibt es galantere Arten, eine neue Bekanntschaft ausklingen zu lassen.

1. Extreme Ghosting: Verschwinden Sie nicht nur und löschen Sie den Gesprächsverlauf, sondern setzen Sie sich unmittelbar ins Ausland ab und verbrennen Sie Ihre persönlichen Dokumente.
2. Soft Ghosting: Beschränken Sie Ihr Verschwinden auf eine bestimmte festgelegte Uhrzeit und melden Sie sich zum Beispiel ausschließlich am Monatsersten um 23:15 Uhr. Das wird Ihren potenziellen Partner nicht nur verwirren, sondern auch langfristig zermürben.
3. Glueing: Das exakte Gegenteil von Ghosting. Erscheinen Sie bereits beim ersten Date mit Ihrem Reisekoffer, drei gepackten Umzugskartons und stellen Sie unverbindlich Ihre Mutter vor.
4. Dwarfing: Machen Sie sich während des Dates ganz klein und verschwinden Sie unerkannt, indem Sie unter den Tisch kriechen.
5. Petting: Verwandeln Sie sich während des Dates in ein süßes flauschiges Kätzchen oder ein anderes pfiffiges Haustier und punkten Sie anschließend mit Ihren drolligsten Tiergeräuschen.

9

Sorgen Sie dafür, dass Sie in Erinnerung bleiben. Ähnlich wie beim Wohnungsmarkt ist die Konkurrenz groß. Seien Sie vorbereitet und bringen Sie zum ersten Date eine Schufa-Auskunft, Ihre letzten drei Gehaltsabrechnungen, ein polizeiliches Führungszeugnis, ein Empfehlungsschreiben des letzten Partners und tausend Euro Kaution in kleinen Scheinen mit. Wie wäre es zudem mit einem netten Geschenk? Es müssen keine teuren Diamanten sein, bringen Sie doch zum ersten Treffen einen selbst gemachten Eiersalat oder einen Wurstkorb vom Metzger Ihres Vertrauens mit und danken Sie mir später!

GRANOLA-BOY

Ein schönes Erlebnis: In meinem Viertel hat neulich ein »Unverpackt-Laden« aufgemacht. Voller Vorfreude wollte ich also heute Morgen losziehen, um das dortige Sortiment zu erkunden. Den lokalen Einzelhandel unterstützt man doch gern. Viele Fragen schossen mir durch den Kopf: Was zieht man in so einem Unverpackt-Laden an? Eine über die Ohren gekrempelte Wollmütze? Lagenlook? Etwas aus Filz? Oder sind das am Ende wieder nur billige Klischees? Fest stand bloß: Würde ich einen Fjällräven-Rucksack oder ein Lastenfahrrad besitzen, wäre heute ein guter Tag gewesen, beides einzuweihen. Immerhin besitze ich aber einen Jutebeutel und wollte eh bloß Nüsse und Müsli kaufen, da wäre so ein Lastenfahrrad schon arg overdressed gewesen.
Wie ich mich so mit meinen fancy Weckgläsern und zwei verblichenen Tupperdosen auf den Weg machte und von außen betrachtete, gefiel ich mir schon gut in der neuen Rolle eines Unverpackt-Laden-Supporters. Kennen Sie diese Leute, die EIN MAL eine vegane Currywurst essen oder einen eigenen Kaffeebecher zum Bäcker mitschleppen und sich sofort moralisch erheben und für was Besseres halten? Ja? Diese Leute bin ich! Jedenfalls stand ich dann irgendwann in diesem Laden, stöberte durch das Sortiment und entschied mich letztlich für Granola und Pekannusskerne. Bereits jetzt strahlte ich aus, dass ich HIER zu Hause bin. Selbst Bioladenkunden waren für mich im Grunde verantwortungslose Assis!
Als ich zahlen wollte, betrat ein älterer Herr den Laden, schaute sich um, betrachtete kritisch ein riesiges Glas mit getrockneten Cranberrys und schleppte das gigantische Gefäß zur Kasse. Die Dame wies ihn darauf hin, dass das Glas unverkäuflich sei und er sich einfach einige Beeren in sein mitgebrachtes Behältnis umfüllen könnte.

Daraufhin überlegte der Mann kurz, schüttelte den Kopf und murmelte: »Hömma! Dat Scheißkonzept würde ich aber mal überdenken. Ist ja wie im Krieg!« Dann ging er fort.
Tja, nun stehe ich hier mit meinen albernen Pekannüssen und denke: Im Grunde hat er ja recht, aber nun komm ich aus meiner neuen Identität auch nicht mehr raus. Denn wenn der letzte Gletscher irgendwann geschmolzen ist – meine Schuld war es nicht!

CREMIGE DIALOGE IM CAFÉ V

1

Ein Café in Lübeck, Gespräch am Nebentisch

Sie: »Schön, dass das geklappt hat! War schon kurz davor, mich bei Tinder abzumelden, aber dann habe ich dein Profil gesehen und dachte: Och, der sieht aber nett aus.«

Er: »Das freut mich. Kommen wir zur Schnellfragerunde: Pizza Funghi oder Hawaii?«

Sie: »Funghi. Ich lebe vegetarisch. Und du?«

Er: »Wie cool, ich auch. Lieber Aperol Spritz oder Weißwein?«

Sie: »Eindeutig Weißwein. Am liebsten trocken.«

Er: »Nice! Ich sterbe für guten Weißwein. Netflix oder Arte-Mediathek?«

Sie: »Puh, dann eher die Arte-Mediathek. Ich mag die Dokus da so gern. Aber sag mal, ich finde das gerade irgendwie seltsam. Das ist ja ein Date und kein Interview. Wollen wir uns nicht einfach normal unterhalten?«

Er: »Magst du auch so gern Podcasts?«

Sie: »Nee, die meisten Leute sind mir zu selbstverliebt und geschwätzig. Höre lieber Musik oder Hörspiele. Zum Einschlafen am liebsten *Sherlock Holmes* oder *Die drei ???*.«

Er: »Ich bin süchtig nach Podcasts. Komm, wir spielen ein Spiel! Die großen fünf Gerüche deiner Kindheit?! Ich fang mal an, damit du reinkommst. Mein Platz Nummer fünf wäre frisch gemähtes Gras.«

Sie: »Eindeutig gebrannte Mandeln! Aber du, ich hab das Gefühl, dass das hier alles ein wenig verkrampft wirkt. Magst du mir nicht erst mal einfach was von deinem Tag erzählen ...«

Er: »War recht entspannt bisweilen. Hab lange geschlafen und dann Urlaub gebucht. Aber wo wir gerade beim Thema sind … Komm, noch ein paar schnelle Fragen: Meer oder Berge?«

Sie: »Eigentlich bin ich lieber am Meer, aber die Berge bleiben für mich ein Sehnsuchtsort, weil mein Vater …«

Er: »Wenn du bis zum Ende deines Lebens nur noch Gerichte einer bestimmten nationalen Küche essen könntest, was wäre das?«

Sie: »Ich glaube, wir kommen hier einfach nicht in den Flow. Wärst du mir böse, wenn ich schon gehe?«

Er: »Nee, vollstes Verständnis. Der Vibe muss ja stimmen! Fühl ich jetzt auch nicht so.«

Sie: »Dann bin ich beruhigt. Gehst du auch? Sonst zahle ich eben drinnen schnell!?«

Er: »Ich bleib noch was hier. Die Sonne scheint so schön. Ich hör noch 'nen Podcast!«

Sie: *»Quelle surprise!«*

Er: »Ich liebe Podcasts.«

2

Ein Café in Dortmund, Gespräch am Nebentisch

Sie: »Sven, kannst du bitte aufhören, ständig mit dem Löffel in deinem Espresso zu schaben? Das triggert mich.«

Er: »Sorry! Das wusste ich nicht. Woran erinnert es dich denn?«

Sie: »Keine Ahnung! Es triggert mich einfach.«

Er: »Posttraumatische Belastungsstörung? Davon hast du mir nie erzählt.«

Sie: »Sven, es geht mir gut. Das Geräusch nervt einfach nur. Irgendwann bekomme ich da ein Trauma von.«

Er: »Ein Trauma?«

Sie: »Hm.«

[Pause]

Er: »Boah, ich kann es nicht mehr hören. Finde es löblich, wenn du dich mit Psychologie beschäftigst. Aber eins muss ich mal loswerden – in welcher Regelmäßigkeit du oder irgendwelche Redakteure und selbst ernannten Sinnfluencer ohne jedwede Expertise mit abstrakten psychologischen Begriffen um sich schmeißen, ist echt bedenklich und veranlasst Menschen zu gefährlichen Selbst- und Fremddiagnosen. Alles wimmelt nur noch so von Hobbytherapeuten und Küchenpsychologen. Das Ergebnis sind dann so Gespräche wie dieses hier!«

Sie: »Ich finde, nun steigerst du dich da etwas rein.«

[Pause]

Sie: »Du hattest doch gerade noch so gute Laune!«

Er: »Sorry, das hat mich jetzt einfach getriggert.«

Sie: »Vielleicht bist du bipolar.«

3

Ein Café in Hamburg, Gespräch am Nebentisch

Er: »Wollen wir gleich noch zu dir?«

Sie: »Puh, momentan ist es echt nicht aufgeräumt. Wobei!? Ach, eigentlich egal. Ich sag ja immer, bei uns geht es herrlich chaotisch zu.«

Er: »Ach, komm. Ich kenn so Leute wie dich!«

Sie: »Was meinst du?«

Er: »Wenn Leute sagen, dass es bei ihnen zu Hause ›herrlich chaotisch‹ zugeht, meinen sie, dass irgendwo in einem versteckten Winkel der blitzeblanken Bulthaup-Küche eine benutzte Kaffeetasse steht, die Kinder dienstags keine Krawatte tragen und man aus radikaler Verwegenheit an einem regnerischen Tag im Januar 1997 mal die Snooze-Taste gedrückt hat.«

Sie: »Ach, fick dich!«

TOI! TOI! TOI!

Mein Papa hat mir zu Ostern ein Kochbuch geschenkt. Das klingt jetzt erst mal schön, denn immerhin wohne ich seit einigen Monaten wieder alleine, und da ist es als umsorgender Vater naheliegend, den hilflosen Sohn irgendwie am Leben halten zu wollen. Kochbücher benutzt man zwar nie, aber sehen im Regal immer sehr repräsentativ aus. Da stellen Sie sich nun bestimmt die Frage: Was hat Vater Salmen seinem hip-urbanen Sohnemann wohl gekauft? Japanische Fusionsküche? Healthy Food mit Ella Woodward oder so einen hübsch designten Bildband von Ottolenghi? Keineswegs! Vater Salmen, der alte Ästhet und feingeistige Literaturliebhaber, entschied sich für ein Werk mit folgendem Titel: *Nur für echte Kerle – Das ultimative Männer-Kochbuch.* Anfangs dachte ich: Och, Vater! Wir haben das Jahr 2023, und du kommst mir hier mit deinen rustikalen Rollenbildern daher. Ich habe hier einen Ruf zu verlieren. Was ist, wenn ich eines Morgens mit dieser Lektüre im Café sitze, verträumt und schwelgend darin herumblättere und mich dann einer dieser Gen-Z-People fotografiert? Dann heißt es wieder: Oh, seht an! Ein toxischer heteronormativer Cis-Mann! Hätte man sich beim Salmen doch gleich denken können! Und zack, werde ich weggecancelt und mundtot gemacht. Ich stand diesem Buch also sehr kritisch gegenüber, aber ich wurde eines Besseren belehrt. Habe nun ein kleines Selbstexperiment gestartet und mich eine Woche lang ausschließlich von Gerichten für *echte Kerle* ernährt.
Es folgt ein kurzer Erfahrungsbericht.

Tag 1:

Bereits auf Seite zweiundzwanzig befindet sich der Klassiker »Fleischkäse mit Spiegelei und Bratkartoffeln«. Was soll ich sagen? Ein echtes Männerrezept! Hach, was ist das lecker! Wenige Sekunden nachdem ich den Fleischkäse in die Pfanne gelegt habe, ist mir ein amtlicher Bart gewachsen. Außerdem grunze ich regelmäßig und habe die Stimme von Torsten Sträter. Spannend!

Tag 2:

Direkt nach dem Aufwachen habe ich eine Bagger-Doku auf N24 geschaut und danach auf Facebook junge Menschen beleidigt, die für eine Viertagewoche plädieren. Verweichlichte Generation! Früher hat man sich im Tagebau noch amtlich bucklig geschuftet und von Konzernen ausbeuten lassen. Irgendwann fällt mir ein, dass ich Freiberufler bin und noch nie im Tagebau gearbeitet habe. Vor Wut beute ich mich selbst aus und streiche mir das Weihnachtsgeld. Zum Frühstück gibt es Wurstsalat. Benötigt werden unter anderem:

750 Gramm Fleischwurst
2 Zwiebeln
1 Gewürzgurke
1 Apfel
½ Bund glatte Petersilie

Den Apfel und die Petersilie lasse ich natürlich weg, denn Vitamine sind mir zu feminin. Im Prinzip habe ich dann einfach Fleischwurst mit Zwiebeln gegessen. Bereits jetzt merke ich eine deutliche Veränderung an mir. Mein Hautbild ist wesentlich gröber, und ich habe Lust, mir ein Motorrad zu kaufen. Außerdem hasse ich selbstbewusste Frauen, alkoholfreies Bier und fühle mich unnötig von gendergerechter Sprache provoziert.

Tag 3:
Heute gibt es gefüllte Hackklopse. Bisheriges Fazit: Die Gerichte aus diesem Buch hätten auch allesamt aus einer RTL2-Sendung oder von *Worst of Chefkoch* kommen können. *Das perfekte Dinner* werde ich damit nicht gewinnen, aber da wird eh viel mit Tischdeko gearbeitet, und Tischdeko ist was für Frauen! Essen für Männer darf aus nur drei Zutaten bestehen. Hack, Knoblauch und Zwiebeln. Nach dem Essen habe ich meiner Psychotherapeutin gekündigt, denn aus unerfindlichen Gründen habe ich keine Lust mehr, ständig über meine Gefühle zu reden. Tiefsinnige Gespräche gibt's eh nur in der Kneipe.

Tag 4:
Immer wieder denke ich darüber nach, warum mein Vater mir dieses Buch geschenkt hat. Vielleicht weil ich mich von meiner Frau getrennt habe, mittlerweile alleine wohne, aber trotzdem hübsche Kerzen und frische Schnittblumen besitze? Ist es, weil ich mir neulich zum Spaß die Nägel lackiert habe und mal für drei Monate vegan gegessen habe? Nun, vielleicht liegt es an meinem neuen Basilikum. Heute ist jedenfalls Feinschmeckertag. Es gibt Spareribs mit Honig! Aus Ermangelung eines Gartens habe ich einfach im Wohnzimmer gegrillt. Seitdem habe ich Ärger mit meinem Vermieter. Außerdem hasse ich Klimaschützer*innen, Veganer*innen und mich selbst, weil ich gerade versehentlich gegendert habe.

Tag 5:
Mein Körper schreit nach Gemüse, aber ich bleibe stark! Zum Frühstück habe ich Biergulasch gezaubert, und etwas Maskulineres kann ich mir gar nicht vorstellen. Heute Abend habe ich einige meiner Freunde zum Whiskey-Tasting eingeladen. Eigentlich hasse ich

Whiskey, aber jetzt wo ich ein echter Mann bin, kann ich meine nach Benzin und Schweiß riechenden Freunde wohl schlecht auf einen Aperol Spritz ausführen. Was sollen denn die Leute denken?

Tag 6:
Heute gibt es Rinderrouladen mit Rotweinsoße! Kurz nach dem Verzehr merke ich: Heute ist wieder ein guter Tag, um im Internet fremde Leute zu beleidigen. Diese Klimaschützer*innen sind mir bereits lange ein Dorn im Auge. Mist, schon wieder gegendert. Gebe mir aus Selbsthass eine Ohrfeige. Abends sind die Kinder bei mir. Habe den zweijährigen Günther erst mal ordentlich zusammengefaltet, weil er Strumpfhose trägt.

Tag 7:
Ich kann das alles nicht mehr. Vom vielen Fleisch habe ich Gelenkschmerzen und hohen Blutdruck. Ich bin vollkommen am Ende. Jemand muss mich retten. Also theoretisch! Denn uns Männer braucht man nicht zu retten. Wir halten uns gegenseitig an unseren Bärten fest und singen Lieder von Manowar. Auf Russisch! Ups, falscher Text! Entschuldigung, mir geht hier inhaltlich längst das Material aus. Aber da ich jetzt ein echter Mann bin, werde ich demnächst eine Kfz-Werkstatt eröffnen, denn aus unerfindlichen Gründen besitze ich ein T-Shirt mit der Aufschrift *Schraubergott* und weiß, was ein Turbolader ist. Fazit: Tolles Buch. Danke, Papa! Niemand kennt mich so gut wie du!

Papa, falls du das liest: Auch wenn ich an deinem Literaturgeschmack und der entsprechenden Geschenkauswahl zweifle, möchte ich dir eines an dieser Stelle sagen: Wir haben in unserem Leben nie viel über Gefühle gesprochen. Ich weiß, wie du erzogen und sozialisiert wurdest, aber du hast dich in den letzten Jahren sehr verändert und bist zunehmend einfühlsamer geworden. Als ich dir damals von meiner Depression und dem anstehenden Klinikaufenthalt erzählte, klopftest du mir auf die Schulter und sagtest: »Toi, toi, toi!« Und irgendwie konnte ich dir nicht einmal böse sein, musste sogar fast ein bisschen lachen. Wahrscheinlich weil ich wusste, was du eigentlich sagen wolltest. Noch am selben Abend riefst du mich an und sagtest, dass das vermutlich die unpassendste Antwort war. Du entschuldigtest dich dafür, dass dir manchmal die richtigen Worte fehlen, und dafür, dass du das einfach nie gelernt hättest! Und dann sagtest du, dass du immer für mich da bist, egal was passiert, und ich das wissen sollte. Papa, das war ein großer Schritt von dir, und ich weiß das sehr zu schätzen. Eines solltest du wiederum wissen: Wenn ich dich eines Tages mit dem Rollstuhl ins Seniorenheim schiebe, werden meine letzten Worte sein: »Toi! Toi! Toi! Hab dich lieb, kleiner Racker!«

ES IST KOMPLIZIERT!

Während ich eines Morgens pfeifend durch den Wald spazierte und mich kurz vor dem Aufeinandertreffen mit zwei entgegenkommenden Passanten suchend nach meinem imaginären Hund umblickte, weil ich eindeutig noch zu verknittert war, um freundlich strahlend fremde Personen zu grüßen, kam ich zu einer wichtigen Erkenntnis. Anscheinend habe ich die ungeschriebenen Grußgesetze auf Waldwegen noch immer nicht verstanden. Meine bisherige auf empirischen Beobachtungen basierende Studie besagt: Zwei entgegenkommende Fußgänger haben sich untereinander zu grüßen, schließlich bilden sie in dem Moment des Aufeinandertreffens eine Interessengemeinschaft. Hier greift die Formel: Fußgänger + ein anderer Fußgänger = Gruß. Beide identifizieren sich als passionierte Wandersleute! Selbiges Gesetz gilt für das Aufeinandertreffen von Fahrradfahrern, Hundebesitzern, Joggern und Eltern mit Kinderwagen. Kennt man von Busfahrern. Wichtig: Gegrüßt wird sich nur innerhalb der eigenen Bubble, denn anscheinend denkt man sich: Oh, ein völlig fremder Mensch! Aber irgendwas verbindet uns hier. Eine Interessengemeinschaft! Toll!

Bis hierhin relativ einfach. Entscheidend für die zum Gruß berechtigende Gemeinsamkeit sind also einzig die mitgeführten Accessoires (Hund, Stirnlampe, Kinderwagen etc.) und die Art des Fortbewegungsmittels (Fahrrad, Stelzen etc.) + die damit einhergehende Geschwindigkeit. Zwar bin ich im Wald noch niemandem auf Stelzen begegnet, aber sollte der Tag irgendwann kommen, würde ich definitiv nicht grüßen, da ich die Person trotz gleichen Tempos für einen exzentrischen Freak halten würde. Bis hierhin sind diese Grußgesetze noch übersichtlich: Grüßt ein langsam schlurfender Hundebesitzer einen agilen, sich dem Geschwindigkeitsrausch hingebenden Fahrradfahrer mit einem freundlich genuschelten »'n Abend«, sorgt dies für verstörte Blicke und allgemeine Verunsicherung. Der Radfahrer denkt sich wahrscheinlich: Was zum F*** will diese träge Person von mir? Zu Hülf! Wird man als einfacher Spaziergänger von zwei rüstigen Senioren mit Nordic-Walking-Stöcken begrüßt, ist man ebenfalls verwirrt, denn hier greift die Formel: einfacher Spaziergänger ≠ vitale Nordic-Walking-Senioren.

Jahrelang dachte ich, die ungeschriebenen Waldgrußgesetze verstanden zu haben, allerdings wurde ich neulich bei meinem morgendlichen Spaziergang erstmals von einem Fahrradfahrer gegrüßt. Der Grund: Aufgrund einer starken Steigung hat der Mann sein Vehikel geschoben. In diesem Moment war er also kein Bestandteil der agilen Biker-Szene mehr, sondern identifizierte sich als einfacher Fußgänger. Zwar trug er Helm und Radlerhose, aber letztlich berührten seine Sohlen im Augenblick unserer Begegnung den erdigen Waldboden, und somit waren wir Brüder im Geiste und er dachte womöglich: Oh, ein einfacher Spaziergänger! Den grüß ich freundlich, denn wir haben so viel gemeinsam!

Jetzt hielt ich dieses verstörende Ereignis für eine seltene Ausnahme innerhalb der Wald-Community, und ich gedachte noch nicht ansatzweise, meinen verinnerlichten Gruß-Kodex zu hinterfragen. Neulich jedoch war ich mit dem Kinderwagen unterwegs und jederzeit bereit, anderen Kinderwagen-Eltern höflich zuzunicken! Dann wurde ich zunächst von einem älteren Herrn mit leerem Bollerwagen gegrüßt, und als wäre das nicht verwirrend genug gewesen, posaunte mir wenige Augenblicke später eine Hundebesitzerin ihr freundlichstes »Guten Mooorgen!« entgegen. Immerhin trug sie ihren Hund aufgrund einer verletzten Pfote auf dem Arm. Somit hatten wir zwar unterschiedliche Accessoires, aber am Ende waren ihr Hund und der kleine Günther beides hilfsbedürftige und fragile Wesen. In der Sache waren wir also vereint und zum Gruße legitimiert. Da mein ganzes System nun völlig ad absurdum geführt wurde und die Welt ohnehin zu implodieren drohte, habe ich wenig später einen Jogger gegrüßt und ihn freundlich angelächelt, während er sich gerade die Schnürsenkel zuband. Zwar verachte ich Jogger und anderweitig gehetzte Leute mit jeder Faser meines Körpers, aber irgendwie war ich gut drauf und schließlich kniete der Jogger auf dem Boden. Als ich freundlich grüßte, schaute der Mann nur verwirrt auf und raunte: »Hä? Kennen wir uns?« Dann stand er auf und flitzte weiter. Und anscheinend bin ich jetzt wieder der Psycho. Sie sehen, ich habe noch viele Fragen. Warum grüßt man sich überhaupt im Wald? Wenn der Wald wirklich voll ist – wann ist das Grußkontingent aufgebraucht? Und wenn Ihnen als einzelner Passant eine Wandergruppe entgegenkommt – grüßen Sie dann bloß den Gruppenkopf oder auch den Gruppenschwanz? Ach, dieses Leben ist wirklich kompliziert.

MEIN UNDANKBARKEITSTAGEBUCH

MONTAG:
Liebes Undankbarkeitstagebuch, ich bin dankbar, dass es Dich gibt. Und weil man ein Undankbarkeitstagebuch nicht mit dankbaren Worten eröffnen darf, bin ich offiziell undankbar für meine Dankbarkeit und die Inkonsequenz meines eigenen Handelns. Anlass meines Briefes ist folgender – ich hasse Menschen! Also ehrlich gesagt hasse ich Menschen, die ständig betonen, dass sie Menschen hassen, weil sie sich zu sehr in ihrer Rolle des zweifelnden Misanthropen gefallen, also im Grunde hasse ich mich selbst, und dafür bin ich undankbar. Hass ist ohnehin ein großes Wort, und natürlich kann man sich ständig über seine Mitmenschen aufregen, aber am Ende ist man eh immer der größte Vollhorst von allen. Fest steht: Wut kann ein wundervoller Treibstoff sein, und zu viel Positivität ist am Ende nur unglaubwürdig. Von daher kann so ein Undankbarkeitstagebuch eine gute Sache sein. Immerhin gibt es viele Dinge, über die man sich echauffieren kann: Weltpolitik, die AfD, Leugner des Klimawandels, Christian Lindner im Allgemeinen ... aber mir ist es wichtig, hier die ganz heißen Eisen anzufassen: Pampasgras! Wo kommt das denn auf einmal her? In sämtlichen Einrichtungsmagazinen und auf jedem dösigen Instagram-Account für modernes Interiordesign wimmelt es nur so von diesem flaumigen Gestrüpp. Eine einzige Zumutung in Beige! Dieses buschige Zeug war auf einmal da und ist wie eine Seuche über das Land gefallen und hat sich in sämtlichen Yogastudios und den backsteinwandgesäumten Lofts irgendwelcher breit grinsender Sinnfluencer mit Line-Art-Tattoos und dekorativen Qualzuchthunden breitgemacht. Pampasgras raus aus Deutschland!

DIENSTAG:
Habe meine alten Kassetten im Keller gefunden und mit Sauron Hörspiele gehört. Und was soll ich sagen!? Wir müssen dringend über *Benjamin Blümchen* sprechen: Bäcker, Müllmann, Bademeister, Taxifahrer, Kinderarzt – kein Beruf, den dieser getriebene Workaholic noch nicht ausgeübt hätte. Alles vollkommen unentgeltlich, denn auf Folgen wie *Benjamin Blümchen und der Tarifvertrag, Benjamin Blümchen im Betriebsrat* oder *Benjamin Blümchen zahlt in die Rente ein* wartete man stets vergeblich. Der Typ hat noch nicht einmal eine Lohnsteuerkarte! Angst vor Altersarmut war in den 80ern wohl einfach kein Thema. Nicht einmal Pauschalen fürs Ehrenamt wurden dem naiven Elefanten gezahlt. Und er ist dennoch lächelnd in sein Unheil gerannt und hat sich trotz aller Privilegien und finanzieller Unabhängigkeit dem alles verschlingenden System unterworfen. »Oh, ich bin doch nur ein sprechender Elefant. Ich bin einfach nur neugierig und aufgeschlossen! Geld spielt in meinem Leben keine Rolle.« Versteh es endlich, Benni! Leute wie du blockieren den Arbeitsmarkt und verhöhnen den Wert ausgebildeter Nachwuchskräfte. Industrie, Gewerbe, Dienstleistungssektor – du hast ALLE verraten. Jede einzelne Folge ein Tritt ins Gesicht der Gewerkschaften!
Im Grunde ist dieser gutmütige Trottel verantwortlich für eine ganze Generation von selbstausbeuterischen Menschen, die von Praktikum zu Praktikum hetzen, bloß um nach sieben Jahren Studium, sechs beruflichen Auslandsaufenthalten und endlosen Monaten im Volontariat vollkommen unterbezahlt in einer Berliner Werbeagentur zu sitzen, wo sie sich beschissene Claims für Smoothie-Flaschen ausdenken. Besonders Kinder brauchen tapfere Idole, die Widerständen trotzen, und keine würdelosen Lappen, die immer nur Ja und Amen sagen. Benjamin, Held meiner Kindheit, für mich bist du gestorben.
PS: Sie sehen, ich scheue mich nicht, die »heißen Eisen« anzupacken und unbequeme Wahrheiten auszusprechen. Wir dürfen das nicht

länger totschweigen! *Benjamin Blümchen* – problematisch, bedenklich, toxisch. Ich bin immer noch wütend!

MITTWOCH:

Menschen brauchen dringend einen Internetführerschein! Ich verstehe nicht, warum kluge Menschen mit sonst so klaren Köpfen ständig Bilder irgendwelcher Pro-Putin-Parolen, dubiose Querdenker-Zitate oder Screenshots hetzerischer BILD-Schlagzeilen im Internet teilen, bloß um aufzuzeigen, wie bescheuert diese Leute alle sind. Da kann man aus vermeintlich richtigen Motiven noch so moralische und kritisch-bissige Kommentare dazu schreiben, am Ende hat man mit seiner Reichweite wieder nur zur Verbreitung von Müll beigetragen. Wenn man auf der Straße in Hundekot tritt, dann nimmt man Laub und Stöckchen zu Hilfe, versucht das Häufchen diskret abzuwischen und hofft, dass einen niemand bei diesem würdelosen Prozess gesehen hat. Man trägt das Stück Scheiße nicht mit ins Haus, hält es seinen Freunden unter die Nase und sagt dann: »Seht an! Dieses Stück Scheiße habe ich auf der Straße gefunden. Es stinkt wirklich bestialisch. Riecht alle daran! Ihr findet doch gut, dass ich diesem Stück Scheiße kritisch gegenüberstehe, oder?«
Liebes Undankbarkeitstagebuch, bitte verzeih mir meinen Tonfall. Aber manchmal braucht man ein Ventil für all die aufgestaute Verzweiflung, und bevor man auf der Straße wildfremde Menschen anbrüllt, hilft es, seinen Zorn zu kanalisieren. Danke für Dein Verständnis!

DONNERSTAG:

Alles, was ich von einem guten Tag erwarte, ist ausgiebiger Schlaf und guter Kaffee. Was mich hier direkt zum nächsten Thema bringt: Kaffeevollautomaten! Was zum F***? Kaffee ist eine der schönsten

Sachen der Welt, aber was einem hierzulande an ekelhafter Plörre vorgesetzt wird, ist eine absolute Katastrophe! Gefühlt bekommt man überall auf der Welt vernünftigen Filterkaffee oder guten Espresso aus der Siebträgermaschine, aber hierzulande wimmelt es in allen Hotels, Bäckereien, Eisdielen und Tankstellen nur so von diesen klobigen WMF-Kaffeevollautomaten. Es ist ein Verbrechen an der Menschheit und am guten Geschmack. In meiner Schule gab es damals einen Automaten, wo man gleichzeitig Cappuccino und Rinderkraftbrühe kaufen konnte, und beides kam aus derselben Öffnung. Und ich bin mir sicher: Aus der sich tief im innersten Morast des Maschinenschlunds angesammelten Milchschaum-Gemüsesuppen-Schlacke wurde Caffè Crema erfunden. Ich kann das alles nicht mehr!

FREITAG:

Ich hasse Pärchen-Podcasts. In welcher Regelmäßigkeit einem irgendwelche Menschen ihre privaten Befindlichkeiten aufdrängen, treibt mich zur Weißglut. Da wird jeder persönliche Konflikt monetarisiert und öffentlichkeitswirksam in die Welt getragen. »Hey! Hier sind Swantje und Jörn. Seit wir das Konzept Polyamorie für uns entdeckt haben, neigen wir zu Geschwätzigkeit – einfach, weil wir etwas so Besonderes sind und wichtige Aufklärungsarbeit leisten wollen.« Hör mir mal zu, Swantje! Ich bin unfassbar froh, dass wir in einer Zeit leben, in der Menschen auf verschiedenste Art und Weise ihre Liebe und Leidenschaft ausleben können. Ob monogam, in einer offenen Beziehung oder einer polyamoren Partnerschaft mit verschiedenen Lebenspartnern gleichzeitig – ich wünsche jedem Menschen das größte Glück auf Erden –, aber bitte hört auf, euer Beziehungsmodell als das einzig wahre und richtige darzustellen und euer Privatleben zu vermarkten, sonst habt ihr irgendwann nichts mehr, über das ihr mit euren wirklichen Freunden reden könnt. Ihr seid mindestens so schlimm wie diese ganzen Daddy-Blogger und Momfluencer, die ständig ihre Kinder vor die Kamera zerren, nur um irgendwelche Rabatte für skandinavische Babybetten einzuheimsen. Pärchen-Podcasts raus aus Deutschland! Was mich allerdings reizen würde, wäre ein Podcast namens *Authentische Paardialoge* – hierbei handelt es sich um den Audiomitschnitt eines Ehepaars, das sich längst nichts mehr zu erzählen hat: »Gehst du noch mit dem Hund raus?« – »Hm.« [Pause] »Soll wohl noch regnen?« – »Der Rasen kann's gebrauchen!« [Pause] »Kannst du mir mal bitte den Pfeffer reichen?« – »Ach, halt's Maul!«

PS: True-Crime-Podcasts bitte ebenfalls abschaffen. Ich will das nicht mehr. Alles, was ich will, ist ein Non-Crime-Podcast für resozialisierte Schwerverbrecher, wo völlig normale Bürokaufleute erzählen, wie sie mit den Kindern Herbstdeko basteln, montags zur Arbeit gehen oder an wilden Tagen mal im Café Extrablatt frühstücken. Ich möchte jedenfalls nicht eines Tages von einem garstigen Psychokiller hingerichtet und gevierteilt werden, nur damit Sabine Rückert dann in zwanzig Jahren erzählt: »Das Opfer kenne ich nicht, aber der Mörder war ein spannender Typ. Die Vierteilung war sauber und ohne Schnittkanten. Hat er schon pfiffig gemacht.«

SAMSTAG:
Heute habe ich eindeutig wieder zu viel Zeit im Internet verbracht. Ein großes Reizthema: *Behind the Scenes*. Ständig werde ich in den sozialen Medien von irgendwelchen Musikern mit auf die Reise genommen. Ständig heißt es: »Hey, Leute! Hier mal wieder ein exklusiver Blick in unser Tonstudio. Seid live dabei, wie der neue Song entsteht! Es ist unser bisher persönlichstes Album, und wir haben uns mit diesem Album neu erfunden. Wäre toll, wenn ihr diesen Weg mit uns geht. Morgen gibt's eine Roomtour aus dem Tourbus.«

Leute! Ich liebe eure Musik, aber bitte macht einfach euer verdammtes Album und sagt Bescheid, wenn es fertig ist. Ich möchte von meinem Metzger auch nicht ständig mit auf die Reise genommen werden. »Eine Bärchenwurst, bitte!« – »Hey! Komm doch erst mal mit auf die Reise in unser Tiefkühllager und genieße den Ausblick auf unser Bonusmaterial in Form unveröffentlichter Schlachtabfälle und Innereien! Schön, dass du diesen Weg mit mir gehst! Ohne meine Fans wäre ich nichts!«

SONNTAG:
Liebes Undankbarkeitstagebuch, seit ich hier endlich mal meine Wut rauslasse, fühle ich mich wesentlich ausgeglichener. Das Konzept von aggressiver Achtsamkeit gefällt mir außerordentlich gut. Heute ist allerdings nichts passiert, über das ich mich aufregen könnte. Schade!

INTERVIEW EINES BELIEBIGEN MUSIKMAGAZINS

Journalist: »Hallo, willkürlicher Künstler. In den letzten Jahren bist du ja ziemlich durch die Decke gegangen. Aber man hat nicht das Gefühl, dass der Erfolg dich irgendwie verändert hätte. Täuscht der Eindruck? Du scheinst schon arg auf dem Boden geblieben zu sein.«

Künstler: »Absolut. Das liegt …«

J: »Kommen wir zur nächsten Frage. Dein neues Album …«

K: »Wegen der Bodenständigkeit noch mal … Da sprichst du was an! Das liegt vor allem an den Menschen hier in der Region. Heimat prägt dich!«

J: »Es wirkt fast, als hättest du dich musikalisch neu erfunden. Der Stil wirkt mutiger, scheint Genregrenzen neu auszuloten, doch irgendwie …«

K: »Bleiben wir noch bei den Wurzeln. Als ich 1989 meine erste Gitarre bekam – es muss ein nebeliger Novembermorgen gewesen sein, Raureif taute auf den Feldern –, da sagte meine Mutter: ›Mein Sohn, zieh hinaus in die Welt, aber vergiss nie, wo du herkommst!‹ Sie sagte diesen Satz mit einem gewissen Selbstverständnis. Ihr Blick war mahnend, aber voller Milde. Ihr Tonfall streng, aber sanftmütig. Und so wie meine Mutter sind die Leute hier eben alle. Emotionslos, aber herzlich. Rau und doch von glattem …«

J: »Spannend!«

K: »Hörst du mir noch zu?«

J: »Gitarre, Mutter, Leute …«

K: »Und so was prägt dich eben. Als wir im Alter von dreizehn Jahren unser erstes eigenes Konzert spielten, waren da etwa fünf Leute im Publikum. Und so was macht dich echt demütig. Das war so ein kleiner, verrauchter Kellerklub …«

J: »Hm!«

K: »Wobei, die Story habe ich schon in einem anderen Interview erzählt. Kleiner Radiosender – kaum Hörer, viel Herzblut. Da hab ich natürlich direkt zugesagt, wegen der Demut und so. Und weil meine Mutter ja 1989 …«

J: Schnarch! Schnarch!

K: »Ich hab sogar noch immer dieselben Freunde wie damals. Alles gute Jungs. Mit Musik haben die nichts am Hut. Normale Leute eben. Wichtig so was. Einfach mal raus aus der Bubble! Schläfst du etwa? Hallo?«

J: »Was? Nein. Genau! Raus aus der Filterblase …«

K: »Genau! Die interessiert das gar nicht, was ich so mache. Die leben in ihrer eigenen Welt. Alles ehrliche Arbeiter. Und so was macht dich dann eben auch wieder demütig. Wenn ich in die alte Heimat fahre, dann ist alles wie früher. Kneipe, Bierchen, Geschichten erzählen. Manchmal treffen wir uns an der alten Bushaltestelle …«

J: »Einfach so bodenständig!«

K: »Wir können da ja gern mal gemeinsam ein exklusives Video für eure Fans auf den sozialen Medien drehen. Dann nehme ich euch alle mal mit auf die Reise …«

J: *Kopfschuss*

CREMIGE DIALOGE IM CAFÉ VI

1

Ein Café in München, Gespräch am Nebentisch

Er: »Weißt du, ich bin ja jemand, der wahnsinnig gern lacht.«

Sie: »Find ich klasse! Wobei mir Menschen, die besonders viel lachen, ein bisschen unheimlich sind. Ich denke immer, die führen was im Schilde und wollen heimlich alle töten.«

Er: »Gemeinsam lachen können ist in einer gesunden Beziehung einfach das Wichtigste.«

Sie: »Lachende Menschen wirken immer ein bisschen dümmlich und debil.«

Er: »Das ist aber eine negative Einstellung.«

Sie: »Ich mein – wir werden eh alle sterben! Dieses ewige Suchen nach diesem simulierten Konstrukt von Liebe! Alles vollkommen sinnlos.«

Er: »So langsam wird's creepy.«

Sie: »Sorry, ich denke manchmal zu laut.«

Er: »Vermutlich!«

Sie: »Vielleicht fehlt mir manchmal das Subtile!«

2

Ein Café in Wuppertal, Gespräch am Nebentisch

Er: »Schau mal, Birgit! Der Mann dort drüben schreibt die ganze Zeit in sein Notizbuch. Als wäre er aus der Zeit gefallen. Ich mein, wer schreibt denn noch mit der Hand?«

Sie: »Bestimmt ein Künstler!«

Er: »Wenn man es nicht besser wüsste, könnte man meinen, er schreibt unser Gespräch mit.«

Sie: »Dann wäre er aber kein Künstler, sondern Stenograf. Die reine Abbildung der Wirklichkeit entbehrt ja jedweder kreativen Eigenleistung.«

Er: »Und wenn es eine schöne Geschichte ist, die keinerlei Sublimierung bedarf? Ist nicht gutes Erzählen auch eine Form der Kunst? Vielleicht erfindet er auch etwas dazu?«

Sie: »Dann wäre es unaufrichtig und gelogen.«

Er: »Ach, Birgit. Autoren lügen nicht. Sie fügen der Realität bloß Variablen hinzu.«

Sie: »Das hast du schön gesagt.«

[kurze Pause]

Er: »Falls er hier mitschreibt, könnten wir uns schon ein wenig Mühe geben und nicht bloß über Triviales sprechen. Wie wäre es mit einem Dialog zum internationalen Arthouse-Kino? Kennst du den Film *Eine Taube sitzt auf einem Zweig und denkt über das Leben nach?*«

Sie: »Bei Arthouse-Filmtiteln weiß man manchmal nicht, ob der Titel ernst gemeint oder schon eine Parodie auf das Genre ist.«

Er: »Eine durchaus gute Beobachtung. Mehr hast du dazu nicht zu sagen?«

Sie: »Nein.«

Er: »Der ist von Roy Andersson. Brillanter Regisseur! Im schwedischen Original heißt der Film: *En duva satt på en gren och funderade på tillvaron*.«

Sie: »Was du alles weißt!«

Er: »Du müsstest da jetzt schon genauer drauf eingehen. Sonst wird der feine Herr Künstler enttäuscht sein. Du könntest nun zum Beispiel fragen, warum ich so gut Schwedisch spreche oder worum es in dem Film geht.«

Sie: »Worum geht es denn in dem Film?«

Er: »Keine Ahnung. Fand nur den Titel schön. Weißt du, wie der Film *Der Pferdeflüsterer* in Frankreich übersetzt wurde? *L'homme qui murmurait à l'oreille des chevaux.* Das heißt so viel wie: Der Mann, der in die Ohren der Pferde murmelt.«

Sie: »Ganz schön sperriger Titel.«

Er: »Erneut keine Rückfrage zu meinen guten Französischkenntnissen?«

Sie: »Nein.«

[erneut kurze Pause]

Er: »Ach, Birgit! Dieses Gespräch kommt einfach nicht ins Rollen.«

Sie: »Jürgen, ich möchte hier bloß in Ruhe meinen Kaffee trinken. Können wir nicht einfach mal gemeinsam schweigen?«

Er: »Der klassische Stummfilm scheint ausgestorben zu sein, oder? *Birgit sitzt auf einem Stuhl und schweigt.* Das wäre auch ein schöner Arthouse-Titel.«

Sie: »Hm.«

Er: »*Schwarzer Kaffee und das Fortbleiben der Worte.* Ein Film über ein Paar, das sich vermeintlich nicht mehr viel zu sagen hat, obwohl sie eigentlich so vertraut miteinander sind und allein ihre Blicke eine ganze Welt erzählen. Das hat durchaus philosophische Ansätze. Gemeinsam schweigen muss man auch erst mal können.«

Sie: »Jürgen, bitte!«

Er: »Ach, Birgit. Sei doch nicht so verkrampft.«

Sie: »Ich bin nicht verkrampft. Wie wäre es mit dem Titel: *Birgit sitzt auf einem Ast, obwohl sie eigentlich nur in Ruhe einen Cappuccino trinken wollte, doch da ihr dösiger Mann ständig wirres Zeug in ihre Ohren murmelte, weil er sich von einem Künstler beobachtet fühlte, hat sie ihn verlassen, zog in den Wald und lebt jetzt einsam, aber glücklich auf einem Baum.*«

Er (zu mir): »Guter Mann, stenografieren Sie das bitte!«

Ich: »Ach, Jürgen!«

PADDEL RÄUMT AUF

Suche freiwillige Teilnehmer für meine geplante TV-Sendung *Paddel räumt auf*. Das Konzept: Sie können mich für einen besonderen Anlass buchen (Scheidung, Kindergeburtstag etc.) und ich komme mit einem Kamerateam zu Ihnen nach Hause und sortiere vor den Augen Ihrer Freunde Ihr schäbiges Bücherregal. Hierbei arbeite ich mit dem klassischen G-A-A-Konzept. Also zunächst nach Genre (Klassiker, Kinderliteratur, Sachbuch etc.) und innerhalb dieser Hauptkategorie alphabetisch nach Autorenname. Persönliche Sortierungsvorlieben (Seitenzahl, Erscheinungsdatum, Schuhgröße der Protagonisten) können leider nicht berücksichtigt werden und werden von mir kategorisch abgelehnt. Menschen, die ihre Bücher nach Farbe sortieren, halte ich ohnehin für kranke Schweine! Im Wesentlichen wird entrümpelt, und am Ende bleiben nur Bücher übrig, die ich persönlich schätze (Willkür) oder die ich für repräsentativ halte und von denen ich überzeugt bin, dass sie bei Ihren Gästen Eindruck schinden. Schon bald heißt es: »Sybille? DU und Stanišić?«, »Sylvia Plath? Wie schön!« oder »Bernd, ich hätte nie gedacht, dass du einfältiger Holzkopf die Gesamtausgabe von *Auf der Suche nach der verlorenen Zeit* besitzt«. Für den Besitz der meisten Bücher werden Sie allerdings beschimpft und gerüffelt. Das ist eigentlich das Hauptkonzept.

Während des Sortierens werde ich Sie durchgehend für Ihren schlechten Geschmack und Ihre austauschbare Persönlichkeit beleidigen. Pseudospirituelle Jakobsweg-Reiseführer oder anderweitigen Selfcare-Schund mit dem Wort *Achtsamkeit* im Titel lasse ich unmittelbar im Altpapier verschwinden. Das wäre selbst dem offenen Bücherschrank in Ihrer Fußgängerzone peinlich. Skandinavische Krimis und sämtliche Bücher, in denen auch nur ansatzweise die Wörter *Waldhütte, Blutbad* oder *Kommissar* vorkommen, werden ebenfalls entsorgt. Bei manchen fragwürdigen Werken belasse ich es eventuell bei einer mündlichen Verwarnung, aber das meiste wird unmittelbar geschreddert oder zu lustigen Partyhütchen upgecycelt. Der Besitz von *Das Café am Rande der Welt*, *Der Alchimist* oder einem Glücksratgeber von Eckart von Hirschhausen führt aufgrund allgemeiner Hoffnungslosigkeit zu sofortigem Abbruch der Veranstaltung. So viel zu meinem Konzept. Die perfekte Mischung aus Arte und RTL2. Im Prinzip ähnlich wie Marie Kondo. Nur wesentlich aggressiver.

TOXISCHE VERSÖHNUNG

Die politische Korrektheit ist ständig in aller Munde. Egal ob es um etablierte Sprechgewohnheiten, die schlichte Benennung von Menschengruppen oder um allgemeines Humorverständnis geht. Gefühlt gibt es jeden Monat eine neue Satire-Debatte, und wahrscheinlich hat jeder etwas zu dem Thema beigetragen. Als Verfasser von satirischen Kurzgeschichten will ich trotzdem ein paar Gedanken loswerden. Nur ein Impuls, denn so eine abgeschlossene Meinungsfindung dauert manchmal eben etwas länger. Manchmal Tage, manchmal Jahre. Bei manchen Themen bin ich so sehr in eigenen Widersprüchen gefangen, dass ich wohl niemals zu einem konkreten Schluss komme.

Sprache hat Macht und formt Realitäten. Klingt nach endlos wiederholter Floskel, lässt sich jedoch nicht von der Hand weisen. Ich bin müde und kann diese Phrasen nicht mehr hören: »der Gesellschaft den Spiegel vorhalten« und »Jede Minderheit hat ein Recht auf Diskriminierung«. Klingt immer superschlau, lässt sich aber aus der Perspektive der verschonten Mehrheit sehr leicht sagen. Ich habe diese Sätze oft genug selbst benutzt, um stumpfe und einfallslose Pointen zu legitimieren, davon kann ich mich nicht freisprechen, bin allerdings sehr froh, dass wir als Gesellschaft mehr und mehr für sprachliche Diskriminierung sensibilisiert werden. Jetzt können Sie gern sagen: »Salmen, du weichgespülter Gutmensch-Eumel. Früher war alles besser und hart gekocht. Ich bin empört!« Doch damit kann ich leben. Ich glaube fest an die befreiende und vereinende Wirkung von Humor, und ich bin überzeugt, dass wir es mit der Überempfindlichkeit nicht übertreiben dürfen. Am Ende ist es ein schmaler Grat – und oft entscheiden Bauchgefühl und der gesunde

Menschenverstand, aber ich möchte mir nicht vorwerfen, ignorant zu werden und es mir als Humorist zu bequem zu machen.

Oftmals verfluche ich die sozialen Medien, weil bloß noch die Lauten die Debatten bestimmen. Und zwar oft mit demselben Populismus, den sie den anderen vorwerfen. Bei dem, was man in den Kolumnen und Kommentarspalten so liest, gibt es nur noch überempfindliche Gutmenschen oder ignorante Arschlöcher. Womöglich hat die »politische Korrektheit« schlichtweg ein Imageproblem. Und ja, auch ich bin oftmals genervt von Menschen, die blind auf jeden Shitstorm aufspringen, andere aufgrund gewisser Äußerungen voreilig als Persona non grata abstempeln und jedweden Gesprächsansätzen aus dem Weg gehen. Noch genervter bin ich aber von Künstlern, die achtlos oder provokativ Sachen in die Welt hinausschreien und bei jedem Anflug von Gegenwind die viel zitierte Cancel Culture heraufbeschwören, nur um sich anschließend jammernd in ihrer Opferrolle zu suhlen. »Man darf ja nichts mehr sagen heutzutage!« Doch, das darfst du! Und das ist auch verdammt gut so. Leb halt mit der Resonanz!

Eine der wichtigsten Aufgaben von Satire bleibt es, gesellschaftliche Debatten auszulösen. Kunst bedingt immer auch ihre kritische Auseinandersetzung. Und natürlich spielen Begriffe wie Kontext und die Fragen nach der Intention einer Kunstfigur eine wichtige Rolle. Steile These: Man kann als Komiker auch unangepasst, edgy oder radikal sein, ohne verbal auf Minderheiten einzuprügeln. Humor muss keineswegs glattgebügelt und familienkompatibel sein, allerdings bekommt nicht jeder stupide Schenkelklopfer eine brillante gesellschaftskritische Metaebene, wenn man vorher absichernd sagt: »So horchet! Es folgt ein pfiffiger Flachs.« Und wer in alle Richtungen austeilt, sollte dabei niemals sich selbst vergessen.

Ich kann den Impuls nachvollziehen, all den »Stellvertreter-Empörten« und »Internetaktivisten« eine gewisse Überempfindlichkeit zu unterstellen. Und bestimmt gibt es einige unter ihnen, bei denen Kalkül oder Selbstvermarktung innerhalb der eigenen selbstgerechten Filterblase eine tragende Rolle spielen, aber damit lässt sich ihr Gegenentwurf noch lange nicht legitimieren. Und ja, die Zeiten sind kompliziert geworden. Hier ein kurzer Überblick einiger Humor-Debatten der letzten fünfzehn Jahre …

2010–2015:
Weiße unbeteiligte Dreadlock-Dörtes empören sich als selbst ernanntes Sprachrohr aller Minderheiten über den Humor weißer Comedy-Dudes. Noch suchen sie ein passendes Wort, um das Verhalten dieser Typen zu beschreiben. Es will ihnen einfach nichts einfallen! Vorläufig fallen Sätze wie: »Puh, das geht echt gar nicht!« Oder: »Leuten wie dir sollte man eine saftige Ohrfeige geben!«

2015–2018:
Weiße und noch weniger beteiligte Stellvertreterinnen-Stellvertreter-Sebastians empören sich im Namen von Dreadlock-Dörte über den Humor weißer Comedy-Dudes. Noch immer suchen sie ein kluges Wort, belassen es aber vorerst bei Sätzen wie: »Check mal deine Privilegien, du cis-normativer Hampelmann!«

2018:
Das Wort wurde gefunden. Niemand weiß, wo es herkommt, aber plötzlich war es da: toxisch! Die Stimmung kocht. Im Hintergrund läuft Britney Spears.

2019–2021:

Weiße Comedy-Cläuse und Kabarett-Karens empören sich über die dauerempörten Dreadlock-Dörtes und Stellvertreter-Sebastians und suhlen sich in ihrer Opferrolle, obwohl sie weiterhin jeden Tag im Fernsehen auftreten dürfen. Irgendwas mit Satirefreiheit, Wokeness, Debattenkultur und Cancel Culture. Insgesamt toxisches Movement!

2022:

Selbstgefällige und immer noch völlig unbeteiligte Internet-Ingos empören sich im Namen der gesamten Black Community über die kulturelle Aneignung von Filzfrisuren durch besagte Dreadlock-Dörtes, noch bevor irgendwer der eigentlich Beteiligten zu Wort kommt. Irgendein unbekannter Typ haut einem wesentlich bekannteren, aber völlig unbeliebten Comedy-Dude auf die Fresse. Alle Stellvertreter-Sebastians und Dreadlock-Dörtes freuen sich insgeheim, dürfen es aber nicht zugeben, denn »Gewalt geht echt gar nicht«. Auf toxische Typen darf man nicht mit toxischer Gewalt reagieren, sonst endet alles in einer toxischen Implosion. Einen Tag später verpasst ein bekannter Schauspieler einem berühmten Comedy-Dude eine Ohrfeige, und zwar stellvertretend für alle Frauen dieser Welt, die jetzt aber auch wieder keiner nach ihrer Meinung gefragt hat. Danach erneut eine Debatte über Gewalt, die Grenzen des guten Geschmacks und fragile Männlichkeit! Im Zweifel alles toxisch!

2025:

Comedy-Claus, Kabarett-Karen, Dreadlock-Dörte und Stellvertreter-Sebastian machen eine gemeinsame Livetour. Titel: *Toxische Versöhnung*. Inhaltlich geht es um Moral und freche Frisuren. Performatives Highlight sind die toxisch-selbstreflexiven Eigenohrfeigen. Alle sind verwirrt.

Ja, es ist wirklich nicht einfach. Und das alles schreit nahezu: »Raus aus den sozialen Medien! Das Internet ist kaputt.« Aber mittlerweile sind es nicht mehr bloß die selbst ernannten Stellvertreter und überempfindlichen Moralapostel – das bewährte Klischee der biodeutschen Blogger-Birte als einzigem Sprachrohr der Marginalisierten –, sondern eben die Opfer von sprachlicher Diskriminierung selbst, die dank der sozialen Medien und anderer Plattformen zunehmend lauter werden, sich eine Reichweite aufgebaut haben und sich in Debatten einmischen. Weil sie selbstbewusster werden, sich untereinander in ihrem Engagement bekräftigen und weil privilegierte Menschen ihnen zunehmend Gehör verschaffen.

Gefährlicher noch als jeder reaktionäre Ignorant sind Menschen, die sich selbst von jedwedem rassistischen oder sexistischen Gedankengut freisprechen. Auch ich habe beruflich und privat schon viele Dinge gesagt, die mir im Nachhinein unangenehm sind – nicht auszuschließen, dass mir das erneut passieren kann. Vor vielen Jahren habe ich gelacht, wenn Menschen sich über die Politisierung von Paprikasoße echauffiert haben oder ein Fernsehmoderator mal unerwartet das N-Wort benutzt hat. Diese Ansichten haben sich in den letzten Jahren verändert, und das liegt nicht daran, dass ich ein ach so reflektierter Typ geworden bin, sondern vorwiegend, weil ich Menschen zugehört habe, die von sprachlicher Diskriminierung betroffen sind, ihre Bücher und Artikel gelesen habe und im Internet täglich ihre Perspektiven vermittelt bekomme. Weil diese Menschen lauter und mutiger geworden sind und ihre Stimme erheben. Es ist schwierig geworden, diese Stimmen zu überhören.

DIE KUNST DES ABSCHIEDS

ABSCHIEDSFORMELN IN E-MAILS (UND WAS SIE BEDEUTEN)

MIT FREUNDLICHEN GRÜSSEN

= Ich bin ein normaler Mensch, beende hiermit mein wichtiges berufliches Anliegen und verabschiede mich von Ihnen.

MFG

= Ich bin ein normaler Mensch, beende hiermit mein wichtiges berufliches Anliegen und verabschiede mich von Ihnen auf schnellstmöglichem Weg, denn heute gab es Linseneintopf in der Kantine und den Rest können Sie sich ja vorstellen. Wenn ich jetzt so schnell wie möglich … Oh, verdammt!

HERZLICHE/LIEBE/SCHÖNE GRÜSSE

= Ich bin ein freundlicher Mensch mit sonnigem Gemüt, beende hiermit mein mittelwichtiges berufliches Anliegen und verabschiede mich von Ihnen, denn gleich nach Feierabend wollte ich noch mit Sabine aus der Buchhaltung ein Aperölchen trinken. Ach, das ist aber auch ein herrliches Wetter!

GALIGRÜ

= Ich bin's, die Sabine! Ich definiere meine Identität über meinen betont hohen Kaffeekonsum, denn ohne Kaffee bin ich nur ein halber Mensch. Kaffee, Kaffee, Kaffee! Wenn die Dröhnung aber ordentlich reinhaut, ist Stimmung in der Bude. Hobbys: Städtetrips, Emojis und meine innere Leere.

BESTE GRÜSSE

= Andere Kunden bekommen von mir allenfalls normale und völlig gewöhnliche Grüße, aber SIE sind ein High Performer und Wahnsinnstyp, da habe ich mir meine besten Grüße natürlich für diesen Anlass aufgespart. Oh, mein Gott! Ich bewundere Sie. Wie machen Sie das bloß mit Ihrer schönen Haut?

ES GRÜSST SIE

= Ich bin Ulrich, Versicherungsvertreter aus Wolfsburg und ein insgesamt recht steifer Typ. Trotz geduckter Körperhaltung, Hohlkreuz und zwei Senkfüßen raffe ich mich noch jeden Morgen ins Büro auf. Lebenstraum: Ferienhaus auf Lanzarote und 'nen wesentlich besseren Tacker.

ICH VERBLEIBE MIT DER BITTE UM RÜCKMELDUNG UND FREUNDLICHEN GRÜSSEN

= Ich noch mal! Ich heiße nicht nur Ulrich, sondern auch SIE herzlich willkommen. Habe ich erzählt, dass ich jetzt Feierabend habe? Ich geh gleich nach Hause, aber vorher IHNEN auf den Sack, wenn Sie mir nicht schnellstmöglich antworten.

CIAO

= Ich war vor einigen Jahren mal in Italien, und seitdem ist mir diese *dolce vita* einfach ins Blut übergegangen. Ich kenne nicht nur den richtigen Plural von Espresso, sondern weiß diesen auch im Alltag anzuwenden. Der Kellner von *Hans im Glück* war jedenfalls schwer beeindruckt. Ach, man muss uns temperamentvolle Südländer einfach lieben!

GRÜSSE AUS DEM SONNIGEN ...

= Geilstes Leben. Fickt euch alle!

BIS DENSEN

= Ich habe wirklich keine Ahnung, wer ich bin, aber ich sehe aus wie ein sehr engagierter Sozialarbeiter und etwas zu anbiedernder Sozialarbeiter namens Jens, den die Kids gern »Jay« nennen dürfen und der mit beharrlicher Präsenz den Kickertisch blockiert. Freitags ist bei mir immer Sprachgesang- und Graffitiworkshop. Ohne Schimpfwörter, aber mit »klarer Kante«.

MIT GRÖSSTEM RESPEKT UND BEWUNDERNDER HOCHACHTUNG VERBLEIBE ICH IN DEMÜTIGER HOFFNUNG

= Ich bin entweder ein adliger Großgrundbesitzer aus dem 18. Jahrhundert oder eine »richtige Marke«, die sich für ein gepflegtes Späßchen im täglichen Schriftverkehr nie zu schade ist. Im Büro nennen sie mich DER UNGLAUBLICHE ULK!

SAN FRANTSCHÜSSKO/SCHÖNE GRÜSSE VOM TSCHÜSSELDIENST

= Ich bin ein durchweg ironischer Typ. Meine Sprache, mein Lifestyle, mein ganzer Habitus – alles ironisch. Sogar meine Kinder habe ich nur ironisch. Ich hasse Telefonieren und geschwätzige Menschen im Allgemeinen, aber jeden Sonntag erscheint mein Podcast *Sprechreiz,* wo ich mit 'nem Kumpel einfach über so Zeugs quatsche. Eigentlich mögen wir beide keine Podcasts. Ironisch halt.

DAS GROSSE ACHTSAMKEITSQUIZ

So! Dann wollen wir doch mal schauen, wie sehr Sie im Moment gelebt und wie aufmerksam Sie dieses Buch gelesen haben. Waren Sie im Hier und Jetzt? Haben Sie den Diem gecarpt? Hier ein kleiner Selbsttest …

Welchen Titel trägt ein geplanter Roman, den der Autor dieses Buches noch seinem Verlag unterjubeln muss?
1. Der Mann, der in die Ohren der Pferde murmelt
2. Bibel III – Jetzt wird's richtig wild!
3. Der schweigsame Manfred
4. Der Herr der Inge

Wo lernt Patrick seinen neuen Freund Norbert kennen?
1. über ein Inserat auf einem Online-Seniorenportal
2. über eine Annonce auf eBay Kleinanzeigen
3. bei einem Konzertbesuch von den Amigos
4. bei einem Mau-Mau-Turnier in Hückeswagen

Welchen seriösen Satz sollte man aus Selfcare-Gründen wesentlich häufiger im Alltag benutzen?
1. Mark Forster ist toll. Ich liebe seine Musik über alles!
2. Wirsing ist im Angebot!
3. irgendwas mit *toxischer Achtsamkeit*
4. Ich habe eine Axt.

Welches Gerät hat der Autor dieses Buches auf dem Sperrmüll gefunden?

1. eine mattschwarze Mercedes G-Klasse
2. ein 3-D-Faxgerät
3. einen fahrbaren Rasenmäher
4. einen benzinbetriebenen Laubbläser

Was kauft der Autor im Unverpackt-Laden?

1. Granola und Pekannusskerne
2. Leberwurst und Kalbsragout
3. ein neues Basilikum zum Angeben
4. unverpacktes Verpackungsmaterial

Für welches Produkt erhielt der Autor jüngst eine Kooperationsanfrage?

1. Bartpflegeprodukte und CBD-Öl
2. Babboe-Lastenfahrräder
3. periodenenttabuisierende Menstruationsunterwäsche
4. depressionsenttabuisierendes Yoga-Retreat mit Cathy Hummels

Wohin geht laut Protokoll der erste Schulausflug der 1a?

1. Wellnesstherme
2. Spätvorstellung von *La Bohème* im Dortmunder Opernhaus
3. Technoparty im Berghain
4. Yogakurs mit anschließender Kakao-Zeremonie, ekstatischer Tanz-Session und dem Schnupperkurs *Psychedelic Breath*

Kommen wir zur Geschichte *Pastell* – was findet Ulrich im Sandkasten?
1. fünf Kilo Couscous-Salat
2. Birtes verschrottetes Lastenfahrrad
3. den Führerbunker
4. ein Atommüllendlager

Welchen Satz sagt der fünfjährige Junge auf dem Spielplatz?
1. Der April macht, was er will!
2. Käse schließt den Magen.
3. Du kannst den Leuten nur vor 'n Kopp gucken.
4. So ein Wetterchen muss man ausnutzen.

Was verschwindet laut Aussage von Patricks Nachbarin ständig im Hausflur?
1. das Rossmann-Prospektchen
2. der Müllabfuhr-Kalender
3. eine Fußmatte mit dem Schriftzug *Carpe diem!*
4. Streusalz

Welches Buch ziert seit Neuestem Patricks Bücherregal?
1. Hygge mit Hülsenfrüchten
2. Feminismus beginnt in der Küche – Gerichte für starke Frauen
3. Weizen fetzt! Schönen Gluten-Tag
4. Nur für echte Kerle – Das ultimative Männer-Kochbuch

Wie lautet der abschließende Satz in der Dokumentation *Fünf Jahre Tiny House – ein ehrliches Fazit?*
1. Jo, war 'ne schöne Zeit. Ist aber echt scheiße eng.
2. Das war's von mir. Mein Name ist Peter Lustig.
3. Das Wesentliche ist für die Augen unsichtbar.
4. Auf den Bildern sah es größer aus. 2/5 Sternen!

Was verwechselt der Autor laut seinem Dankbarkeitstagebuch in der Wellnesstherme versehentlich mit einem Aschenbecher?

1. eine Dose mit Salmiak-Pastillen
2. eine Kaffeetasse mit dem Schriftzug *Alles vor dem ersten Kaffee ist Notwehr*
3. die Aloe-vera-Tageslotion einer älteren Dame
4. das Gesicht von Friedrich Merz

Was wird laut dem Protokoll einstimmig auf dem Elternabend beschlossen?

1. die Einführung von Schuluniformen
2. eine Abwrackprämie für Lastenfahrräder
3. ein neuer Betriebsrat
4. das Angebot von Gleitzeit, Homeoffice und unbezahlten Sabbaticals

Womit beeindruckt der Autor junge Frauen, die tagsüber an seiner Wohnung vorbeilaufen und einen Blick durch das offene Fenster erhaschen?

1. einem farblich sortierten Bücherregal
2. einem prächtigen Basilikum auf dem Fensterbrett
3. einem durchtrainierten Körper
4. einer voluminösen Föhnfrisur

Wer wird in diesem Buch schmerzlich vermisst, weil der Autor dringend mal eine Auszeit von den beiden brauchte?

1. Peppa Wutz und Benjamin Blümchen
2. Volker und Kerstin
3. Sauron und Baby Günther
4. Holger und Optimus Prime

Über welche Themen könnte sich der lebensbejahende Autor dieses Buches laut seinem *Undankbarkeitstagebuch* stundenlang echauffieren?

1. Vocal House, Koriander und Thermomix-Geräte
2. Improvisationstheater, Schnittblumen und Dunstabzugshauben
3. Pärchen-Podcasts, Pampasgras und Kaffeevollautomaten
4. Harry Styles, Hyazinthen und Heißluftfritteusen

Was ist eine von vier Identitäten des Autors?

1. Søren Pedersen, 46, misanthropischer Tretbootverleiher aus Silkeborg
2. Joost van der Bouten, 72, lebensfroher Witwer aus Zwolle
3. Sigrún Ólafurdóttir, 90, zynische Ornithologin aus Reykjavík
4. Gondel-Ulf, 50, Scrabbelfuchs und Gondoliere aus Venedig

Der Besitz welcher Bücher führt zum sofortigen Abbruch von *Paddel räumt auf?*

1. *Das Café am Rande der Welt*, *Der Alchimist* und ein Glücksratgeber von Eckart von Hirschhausen
2. *Die kleine Raupe Nimmersatt*, *Sakrileg* und das Telefonbuch von Wuppertal
3. *Harry Potter*, *Der Pferdeflüsterer* und ein Kochbuch von Ottolenghi
4. *Treffen sich zwei Träume. Beide platzen*, *Im Regenbogen der guten Laune bin ich das Beige* und ein Achtsamkeitsbuch von Patrick Salmen

Wie geht es in den Wohnungen mancher Leute zu?

1. schlotzig-schön
2. passiv-aggressiv
3. cremig-galant
4. herrlich chaotisch

Kommen wir zur Geschichte *Norbert.* Warum haben Patricks Freunde plötzlich keine Zeit mehr für ihn?

1. Sie haben panische Angst, in seinen Geschichten aufzutauchen.
2. Weil Patrick ein toxischer Narzisst und cis-normativer Boomer ist.
3. Sie haben Kinder und Vollzeitjobs.
4. Keine Ahnung, aber tolles Quiz. Lieb's!

Was vermisst Rentner Holger während seines aufregenden Cafébesuchs?

1. Käppi und Anorak
2. Schnupftabakdose und die »guten alten Zeiten«
3. ein kleines Milchkännchen für seinen geliebten Filterkaffee
4. seine Zweitfrau Hildegard

Mit welchen pathetischen Worten verabschiedet Vater Salmen seinen geliebten Sohn in die Depressionsklinik?

1. Toi! Toi! Toi!
2. Kann man da gut parken?
3. Hals- und Beinbruch!
4. Wenigstens hat der FC Köln gewonnen.

Die Lösungen weiß ich leider selbst nicht mehr. Außerdem muss ich dringend das Manuskript abgeben. Termindruck! Antworten reiche ich in *Der schweigsame Manfred* nach. Bis dahin werden Sie klarkommen!

EINE ART NACHWORT

Seit vielen Jahren mache ich nun Lesereisen in Deutschland, Österreich und der Schweiz. Während dieser kleinen Livetouren erfreue ich mich eines sehr sympathischen und durchmischten Publikums, das zu etwa gleichen Teilen aus Männern und Frauen und zudem aus diversen Generationen und gesellschaftlichen Schichten besteht. Stets habe ich befreundeten Kollegen und Veranstaltern mit Freude davon berichtet, wie angenehm es ist, solch ein heterogenes Publikum zu haben. Ob Sophie, Ulf, Elfriede oder Leander. Was sie alle vereint: eine besondere Art von Humor. Die Tatsache, dass sie über Geschichten von Sophie, Ulf, Elfriede oder Leander lachen können. Das ist wundervoll. Aber auch ein bisschen schade. Denn Menschen, die über Geschichten von Hatice, Jamal und Aziza lachen möchten, kommen sehr selten. Das ist nicht sonderlich überraschend, denn woher soll ich die Geschichten herzaubern, mit denen sich Hatice, Jamal und Aziza identifizieren können? Mein Publikum ist kein Querschnitt der Gesellschaft, sondern meist ein Querschnitt der weißen mitteleuropäischen Bevölkerung. Integration und Austausch mag vielerorts funktionieren, aber in der Kulturlandschaft ist das wohl noch ein langer Weg. Literatur und Comedy funktionieren über die Ebene der gemeinsamen Identifikation, doch es scheint naiv von mir gewesen zu sein, dass ich lange geglaubt habe, diese gemeinsame Identifikation würde bereits existieren.

Ich bin das, was man in gewissen Kreisen als »weißen und privilegierten Mann« bezeichnet. Zufällig in ein wohlhabendes Land geboren, behütet aufgewachsen, die Grundschule eines pittoresken Vororts besucht, dann auf einem elitären Gymnasium ausgebildet, ohne große finanzielle Not die Universität besucht, und nun genieße ich den Luxus, als freier Autor arbeiten zu dürfen. Ich kann es mir leisten, regelmäßig in den Urlaub zu fahren und gute Restaurants zu besuchen. Mein ältester Sohn ist sieben Jahre alt und schon jetzt ebenfalls ein privilegierter weißer Mann. Wenn auch ein ziemlich kleiner Mann. Nie fiel es mir in der Vergangenheit schwer, fair bezahlte Nebenjobs zu finden, Kredite zu beziehen oder den Zuschlag für eine Wohnung zu bekommen. Ich bin zum jetzigen Zeitpunkt achtunddreißig, verdiene gut, wohne in einem hippen Szeneviertel voller Cafés, Biosupermärkte, Burgerbrat-Manufakturen und überteuerter Designermöbelgeschäfte. Der Ausländeranteil meines Viertels beträgt weniger als fünfzehn Prozent. Warum ich hier wohne? Weil ich es kann. Hier in meiner Wohlfühlzone ist es ziemlich bequem. Natürlich bin ich mir bewusst, dass diese heile Welt eine riesige Filterblase ist. In meiner unmittelbaren Nähe gab und gibt es kein einziges Flüchtlingsheim, keine Sozialbauten und auch sonst keine Brennpunkte. Und das, obwohl ich durchweg in Wuppertal, Solingen und Dortmund gelebt habe. Doch die Stadtteile, in denen ich gewohnt habe, waren meist Stadtteile, die mit der eigentlichen Stadt nicht viel zu tun hatten. Sie hießen Luisenviertel, Gräfrath oder Kreuzviertel und nicht Oberbarmen, Ohligs oder Nordstadt. Ohne Fernseher und Internet hätte ich von einer Flüchtlingskrise nie erfahren. Mit meiner eigentlichen Lebenswelt hatte das alles nie viel zu tun. Angst hatte ich trotzdem nicht. Wahrscheinlich genau deswegen.

Zeit meines Lebens hatte ich einen multikulturellen Freundeskreis, war in durchmischten Sportvereinen, habe mich für internationale Musik begeistert, bin gern gereist, habe Bücher gelesen und mich stets für andere Kulturen und die gesellschaftliche Vielfalt in unserem Land begeistern können. In der Theorie bin ich ein unfassbar offener Weltbürger. Aber wenn ich hier von meinem multikulturellen Freundeskreis erzähle, dann meine ich: Eigentlich kann man sie an einer Hand abzählen. Und einer von ihnen ist Schweizer. Das zählt nicht. Politisch würde ich mich links einordnen, auch wenn ich diese steifen Kategorien für nicht sonderlich hilfreich halte, tragen sie am Ende doch nur dazu bei, dass wir uns selbst in Schubladen stecken. Was ich allerdings sagen kann: Nie habe ich einen Menschen angesehen und ihn auf seine Nationalität reduziert. Klingt schön, dieser Satz. Aber stimmt das auch? Vermutlich nicht. Was ich weiß – Herkunft ist für mich interessant und spannend, macht uns jedoch nicht zu guten oder schlechten Menschen. Das hat für mich als Kind schon keine Rolle gespielt und tut es auch jetzt nicht. Und dennoch wäre es falsch und vermessen zu sagen: Ich sehe keine Farben. Aber die sehe ich. Und es wäre vermessen, das abzustreiten.

»Ich bin kein Rassist.« Dieser Satz geht erstaunlich leicht von den Lippen. Ein Mantra, das man endlos wiederholen kann. Man kann sich vor den Spiegel stellen, lächeln und diesen Satz immer und immer wieder aufsagen. Und er klingt so zweifellos richtig. Ich bin kein Rassist. *Ich* bin ein guter Mensch. Rassisten, das sind *die anderen.* Das sind die Mitglieder und Wähler rechtspopulistischer Parteien. Das sind die Menschen, die auf der Straße marschieren, wenn im Ort ein Asylheim gebaut wird, die so viel Wut in sich tragen und am liebsten alles zu Schutt und Asche niederbrennen wollen. Das sind die, die unterscheiden zwischen *uns* und *denen.* »Das alles hat doch mit mir nichts zu tun. Ich bin kein Rassist.«

Mein bester Freund im Kindergarten war schwarz. Sein Name war Ango. Ich erinnere mich bloß an ihn, weil es Fotos von uns beiden gibt. Die Geschichte unserer Freundschaft lässt sich nur auf der Grundlage von etwa zehn gemeinsamen Bildern rekonstruieren. Da spielen wir im Garten, da lachen wir gemeinsam oder sitzen im Sandkasten und backen den besten Kuchen der Stadt. Da sitzen wir

Jede Filterblase hat Löcher, und als Künstler wäre es vermessen zu glauben, das Publikum bestehe ausschließlich aus Leuten, die der eigenen politischen Gesinnung und Weltanschauung entsprechen. Und vielleicht werden einige denken: Hey, dieses Schlusswort hättest du dir sparen können. Darf nicht ein Buch auch einfach mal bewusst unpolitisch sein und uns für einige Stunden diesen ganzen Scheiß da draußen vergessen lassen? Warum fühlen sich Menschen mit einer gewissen Reichweite ständig zu politischen Statements genötigt? Hat nicht der Busfahrer auch eine gewisse Reichweite? Oder die Supermarktkassiererin, die am Tag mit Hunderten Menschen in Kontakt kommt? Bin ich da nicht als Kunde froh, wenn es nicht jedes Mal heißt: »Zehn Euro, bitte! Was sagen Sie eigentlich zum Thema Nahostkonflikt?« Braucht nicht das Unpolitische auch seinen Raum?

Ich habe mich lange Zeit nie als politischen Autor verstanden. Für mich als hoffnungslosen Melancholiker war es das Größte auf der Welt, Menschen zum Lachen zu bringen und durch den gemeinsamen Humor ein Gemeinschaftsgefühl zu schaffen. Das ständige Positionieren birgt ohnehin die Gefahr, irgendwann starr zu werden. Ich möchte Menschen weder belehren noch irgendwem meine Meinungen aufzwingen. Meinungen hat man eh immer viel zu schnell, und manchmal ist es auch völlig in Ordnung, erst mal zuzuhören, Perspektiven zu wechseln und sich einen Überblick zu verschaffen. Am Ende ist diese Haltung ziemlich bequem. Bloß nicht anecken, alter Harmoniemensch. Und die Welt wäre doch wirklich schrecklich langweilig, wenn alle Menschen immer dieselbe Meinung hätten. Zwar könnte man sämtliche Polit-Talkshows auf fünf Minuten Sendezeit reduzieren und im Anschluss süße Katzenvideos zeigen, doch am Ende würde es durch all die Harmonie auch keine gesellschaftliche Entwicklung mehr geben. Der Mensch braucht Reibung und Widerstände, sonst wird er bequem, selbstgefällig und hört auf, an sich und seinem Verhalten zu arbeiten. Aber: Kunst kann es sich nicht mehr erlauben, unpolitisch zu sein. Es geht nicht immer um Meinung. Jedoch um Haltung und den unbedingten Glauben an den Humanismus. Es geht darum, nicht zu schweigen.

Ich weiß ehrlich gesagt gar nicht, warum ich das hier gerade schreibe. Vermutlich eine Art Selbstgespräch. Was am Ende bleibt, sind nur Wünsche. Ich wünsche mir, dass Menschen sich in unserem Land wohlfühlen, dass sie keine Angst haben müssen. Ich wünsche mir eine offene Gesellschaft, gemeinsame Gespräche, eine gemeinsame Identifikation und dass mich ein blassweißer Kfz-Händler namens Ulf Müller-Schmitz irgendwann mal so richtig übers Ohr haut. Ich wünsche mir ein Land ohne Populismus. Ohne rechte Ignoranz, bequeme Mitte und linke Selbstgefälligkeit. Eine gemeinsame Identifikation, eine gemeinsame Geschichte und dass wir gemeinsam an unserer Gesellschaft arbeiten. Klingt alles voll pathetisch. Weiß ich, ist mir aber egal. Ich glaube daran, dass dieses abstrakte WIR stärker und mächtiger wird, indem wir uns besinnen, was diese pluralistische Gesellschaft so wichtig macht. Daran, dass der gemeinsame Nenner wichtiger ist als der gemeinsame Gegner. Dass es im Kampf gegen Fremdenfeindlichkeit einen eindeutigen Konsens gibt und wir vereint sind durch die feste Überzeugung einer Gleichheit des Menschen; im Glauben daran, dass niemand, der in unserem Land Zuflucht sucht, Schuld an der eigenen Unzulänglichkeit trägt, daran, dass die Geschichte sich niemals wiederholen darf. Wirklichkeit fängt mit *Wir* an.

Ich wünsche dem Taxifahrer nicht, dass ihn der Blitz beim Scheißen trifft. Vielmehr wünsche ich mir Mut, den Mund aufzumachen. Am gefährlichsten sind die, die schweigen. Ich wünsche mir ein Aufbegehren gegen meine eigene verdammte Bequemlichkeit.